Silver Wings
Federleicht

SARA RIVERS

Copyright © 2018 by Sarah Stankewitz
Beethovenstraße 5
16909 Wittstock

Coverdesign: Sarah Buhr, www.covermanufaktur.de unter
Verwendung von Bildmaterial von shutterstock.com
Korrektorat und Lektorat: Sabine Wagner, KoLibri-
Lektorat

Herstellung und Verlag:
BoD- Books on Demand

Norderstedt
ISBN: 9783752806359

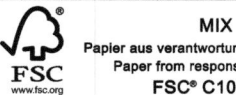

Willkommen im Silver Wings.

IVORY

»Sicher, dass ich dich hier rauslassen soll, Kleine?« Mein Blick klebt an dem Schild neben uns und dem darauf befindlichen Straßennamen. Eilig krame ich mein Handy hervor und checke noch einmal den Screenshot, den ich zur Sicherheit von der Anzeige gemacht habe, direkt nachdem sie mir im Netz ins Auge gesprungen ist.

»Ja. Wir müssen aber noch ein Stück weiter, es ist die Nummer dreiundzwanzig«, sage ich monoton und verharre mit dem Daumen über dem grellen Bildschirm meines Smartphones. Ich zittere, nicht, weil mir die Gegend Angst macht, sondern, weil mein Körper seit Tagen auf Sparflamme läuft.

Der Weg von Detroit hierher hat mich alle Nerven gekostet, die ich in den letzten Jahren angesammelt habe. Seit Tagen verbringe ich meine Nächte irgendwo in abgestandenen Motels, in denen es nach Schimmel und Pisse riecht, und die abblätternden Hausfassaden hier sagen mir, dass die heutige Nacht kein Durchbruch

7

für mich wird und ich noch ein paar Nächte in der Hölle verbringen muss. Jedenfalls, bis ich den Job habe und mein erster Lohn kommt, von dem ich mir hoffentlich eine Bleibe leisten kann, in der ich keine Angst haben muss, mir im Bad etwas einzufangen.

Wie gern würde ich mal wieder in einem frisch bezogenen Bett schlafen und eine Dusche benutzen, aus der klares und geruchsloses Wasser kommt. Aber ich weiß, dass ich jetzt noch keine Ansprüche stellen kann, also muss ich das nun durchziehen.

Meine Finger fahren noch einmal über die Anzeige auf meinem Handy. Der Job schreit nach einem verdammten Sechser im Lotto und verspricht einem nicht nur ein sicheres und mehr als üppiges Gehalt, sondern auch eine Wohnung, die den Mitarbeitern gestellt wird. Zu schön, um wahr zu sein? Definitiv.

Aber da ich arbeits- und obdachlos bin, muss ich diesen Job kriegen, komme, was wolle. Und davon kann mich auch nicht der grummelnde Taxifahrer abhalten, der Interesse an meinem Wohl heuchelt. Ich kenne Kerle wie ihn – sie tun, als würden sie sich um deine Sicherheit kümmern, aber hinterrücks wollen sie dich auch bloß für sich haben und ficken. *Aber nicht mit mir, Freundchen. Kehr mir den Rücken zu und ich zeige dir, was ich in den letzten Jahren lernen musste.*

»Da vorne rechts müsste es sein. Das silberne Logo.« Ich richte mein knappes Top unter der Lederjacke und mache mich schon zum Aussteigen bereit. Währenddessen parkt das Taxi genau vor dem Club, in dem ich mich gleich bewerben will. Der Kerl am Telefon war nur kurz angebunden, meinte aber, ich könnte ohne Termin vorbeikommen. Also habe ich meine Sachen gepackt und mich auf den Weg hierher gemacht, was mittlerweile schon drei Nächte her ist, weil es gar nicht so leicht ist, ohne viel Geld und Auto von A nach B zu gelangen.

»Da willst du rein?« Der Fahrer sieht mich über die Schulter an. Er hat raspelkurzes Haar und sieht damit aus wie ein Navy-Seal. Ich sehe ihn fragend an. »Ja?«

»Kannst du mir verraten, was so ein unschuldiges Mädchen wie du in so einem dreckigen Club zu suchen hat?« Gott, ist das sein Ernst?

»Ich denke nicht, dass ich einem Fremden Rechenschaft schuldig bin, wieso ich was tue. Außerdem bin ich nicht unschuldig«, antworte ich taff.

Wenn der Kerl wüsste, mit welchen Sachen ich mich in meinem Leben schon herumschlagen musste, würde er dieses alberne Wort nicht einmal in den Mund nehmen. Er verengt die Augen und mustert mich aus dunklen Iriden. Und dem soll ich meine Sicherheit anvertrauen? Dass ich nicht lache. Für wie dumm hält er mich eigentlich?

»Du stammst nicht aus New York, oder?«, will er interessiert wissen, und ich muss nicht antworten, um mich zu verraten. Meine Reisetasche, aus der ich seit Tagen lebe, verrät mich ohnehin. Die meisten meiner

Sachen musste ich zurücklassen, und wenn ich ehrlich bin, fiel es mir nicht einmal schwer, mich von den meisten Gegenständen zu trennen. Ballast. Alles nur Ballast. Emotional sowie körperlich.

»Die Stadt ist seit 9/11 ziemlich sicher. Aber nachts sollte man sich wirklich nicht in Port Morris herumtreiben, wenn man sich nicht verteidigen kann. Ich sag's ja nur.« Ich muss mir ein Auflachen verkneifen. Denn wenn ich eines in den letzten Jahren in Detroit gelernt habe, ist es das: wie ich mich zu verteidigen habe.

»Danke für Ihre Fürsorge, aber ich muss jetzt meinen unschuldigen Hintern in diesen unsittlichen Club schwingen. Wie viel bekommen Sie für die Fahrt?«, frage ich mittlerweile nicht mehr ganz so entspannt wie eben noch.

Vor dem Laden lungern mehrere seltsame Gestalten herum, aber ich konzentriere mich einfach nur auf das, was jetzt wichtig ist. Der Taxifahrer nennt mir die Summe, die ich ihm für die Fahrt vom Motel bis hierher zahlen muss, und ich schiebe ihm einen meiner letzten Scheine aus dem Hosenbund meiner Shorts herüber. Dabei widerstrebt es mir, auch den Rest meiner Ersparnisse auf den Kopf zu hauen. Danach öffne ich die Tür, sodass die kühle Abendluft in den Wagen strömt und den Duft meines billigen Parfums in ihm verteilt.

»Pass auf dich auf, Kleine.« Ich ignoriere seine Worte und die Selbstverständlichkeit, mit der er mich *Kleine* nennt, und steige aus. Die Reisetasche in meiner linken, das Handy in der rechten Hand, schlendere ich auf den Club zu.

Das silberne Logo kenne ich bereits von der Anzeige und jetzt blenden mich die flackernden Flügel mitten im Gesicht. Das *Silver Wings* ist das neue Ass im Ärmel des New Yorker Nachtlebens. Wie der eine Diamant unter tausend stillosen Puffs. Ich atme tief durch, spüre, wie mich der Wind an meinen nackten Beinen streichelt, und gehe selbstsicher auf den Eingang zu.

»Sieh dir die an. Ob die jetzt ihre Schicht antritt?«, höre ich eine der schwarzen Gestalten neben mir tuscheln. »Sicher. Guck dir die Beine an. Die würde ich gern an der Stange sehen«, antwortet ein anderer. Geflissentlich ignoriere ich die Kommentare der Kerle und gehe auf den Türsteher zu, der mich von oben bis unten wie B-Ware mustert.

»Hast du eine Clubkarte?«, will der Berg von Muskeln und zu viel Testosteron wissen, aber davon lasse ich mich genauso wenig einschüchtern wie von den Kerlen neben mir oder dem Taxifahrer. Wenn man in seinem Leben so vielen widerlichen Männern begegnen musste wie ich, brüht es einen irgendwann ab. Ich öffne die Fotos auf meinem Handy und halte dem Kerl die Anzeige hin, die ich erst vor ein paar Tagen im

Netz entdeckt habe. »Ich bin hier, um mich für den Job hinter der Bar zu bewerben. Der Kerl am Telefon sagte, ich soll einfach vorbeikommen.« Wieder ein abschätzender Blick aus den dunklen Augen des Türstehers.

»Geh durch. Liana wird dir sagen, wie es weitergeht.« Grummelnd tritt er zur Seite, während ich die Kerle wieder grölen höre. Einer ist sich sicher, dass ich eine *Red* werde, ein anderer sagt, dass zu mir eher eine *Black* passt. Und ich habe, verdammt noch mal, keinen Schimmer, wovon diese Hohlbirnen reden, mache mir aber auch keine weiteren Gedanken darüber.

»Danke«, murmle ich und dränge mich an dem Muskelberg vorbei. Sobald ich die Türschwelle übertreten habe, ertönt sanfte Musik. Mir war klar, dass dieser Laden kein gewöhnlicher Club ist, und dass es hier auch Frauen gibt, die sich für Geld ausziehen, aber all das blende ich gekonnt aus. Die Wände sind allesamt dunkel, und nachdem ich den breiten Flur durchquert habe und in den Hauptraum trete, traue ich meinen Augen nicht.

Überall glitzert es.

Alles funkelt. Spots sind in den Boden und in die Wände eingelassen, die den Raum in silbernes Licht tauchen.

Bewundernd sehe ich die Wände an und lasse meinen Blick durch den Raum schweifen, der mich an eine überdimensionale Discokugel erinnert, ohne dabei prollig oder billig zu wirken. Mein Blick huscht weiter zur recht schlichten Bar, an der ich hoffentlich bald Drinks ausgeben werde und hin zu den vier großen Plattformen, auf denen sich Frauen an der Stange räkeln. Die Männer sitzen auf den dunklen Sofas davor und starren sich beinahe sabbernd zu Tode.

In der Mitte, dort, wo sich die Tanzfläche für die Besucher befindet, prangt das silberne Logo in Form der Flügel. Zahlreiche Spots sind auch hier in den Boden gelassen und bringen es zum Leuchten. Alles in allem ist das hier das verdammte Weiße Haus unter den Striplokalen, die man aus dem Fernsehen oder von Erzählungen kennt.

»Hey. Bist du die Bewerberin?« Jemand streift meinen Arm, und als ich mich umdrehe, sehe ich einer rothaarigen Schönheit ins Gesicht.

Sie trägt kaum Make-up, hat aber so volle Wimpern, dass es mich glatt neidisch werden lässt. Ihr unverkennbar durchtrainierter Körper steckt in einem engen, schwarzen Kleid, das an den Hüften ausgeschnitten ist und an genau den richtigen Stellen ihre helle Haut zeigt.

»Ja«, antworte ich und frage mich, ob das Grinsen auf ihren Lippen echt ist. Da ich mit gesunder Skepsis aufgewachsen bin, vertraue ich niemandem blind, auch wenn das Lächeln der Schönheit echt wirkt. Echter als ihre gemachten Brüste unter dem Stofffetzen allemal.

»Liana.« Sie hält mir ihre Hand hin, die ich flüchtig ergreife. Ich erinnere mich daran, dass der Muskelberg vorne diesen Namen erwähnt hat, also entspanne ich mich und straffe die Schultern unter meiner Lederjacke.

»Ivory«, erwidere ich knapp und stelle mich vor. Liana packt mich bei der Hand, wie es sonst nur beste Freundinnen tun, und führt mich dann weiter in den Club herein.

»Du bewirbst dich also für den Posten der *Silver*?«, fragt sie mich und tritt mit mir im Schlepptau zur Bar. Schon wieder diese seltsamen Bezeichnungen - davon stand sicher nichts in der Anzeige!

»Posten der *Silver*?« Ich muss nicht mal sonderlich laut sprechen, weil die Musik für einen Club recht leise ist. Liana schüttelt über sich selbst den Kopf.

»Sorry, Mitarbeitersprache, die wirst du auch bald draufhaben. Du willst den Job hinter der Bar, meine ich?« Bei ihrer Frage tätschelt sie das Logo auf der Vorderseite des Tresens. Ich nicke und entspanne mich, weil ich mich in der Gegenwart dieser Frau erstaunlich wohlfühle, dafür, dass sie halb nackt ist und ich sie nicht kenne.

»Okay, dann komm mal mit. Der Chef ist noch im Gespräch, deshalb wird Fernandez das *Bewerbungsgespräch* führen.« Die Art, wie sie das Wort Bewerbungsgespräch ausspricht, gefällt mir nicht, aber ich halte die Klappe und höre mir erstmal an, was sie zu sagen hat, bevor ich meine Krallen ausfahre und den

Job gefährde. Liana führt mich an der Bar vorbei, und dann betreten wir durch eine Hintertür einen separaten Bereich, in dem Totenstille herrscht. Nur unsere hohen Schuhe und deren Absätze erklingen noch.

»Hast du schon mal hinter einer Bar gearbeitet, Ivory?« Liana sieht mich interessiert an. »Schon in so vielen, dass ich aufgehört habe, zu zählen. Aber den Job hier brauche ich wirklich«, mache ich ihr meine Zwickmühle klar.

Wenn ich den nicht bekomme, werde ich mich wieder an die schäbigen unterbezahlten Jobs wenden müssen. Dann hätte ich auch in Detroit bleiben und versauern können. Und ich hätte mir das Geld für die Motels und Taxis sparen können. Eines steht also fest: Wenn ich den Job nicht kriege, war alles umsonst. Und ich bin es leid, umsonst Kraft an etwas zu verschwenden.

»Gut. Erfahrung ist zwar bei uns nicht so wichtig, aber vielleicht kannst du es ja im Gespräch anmerken. Wenn du Glück hast, bekommst du das Apartment neben meinem. Suzanna ist letzte Woche ausgezogen, weil sie mit ihrem Kerl nach Hawaii gegangen ist.« Sie zwinkert mir zu, während sie mich weiter über den dunklen Gang führt, in dem es angenehm warm ist.

»Es stimmt also? Man bekommt eine Bleibe gestellt, wenn man hier angestellt ist?« Hoffnung keimt in mir auf, die sich mit jedem Schritt näher an meinem Traum in blanke Euphorie verwandelt. Allein die Vorstellung, einen festen Wohnsitz zu haben, beflügelt mich im wahrsten Sinne des Wortes. »Na, wenn du einen Whirlpool, einen Sechzig-Zoll-Flatscreen und ein Dolby-Surround-System als Bleibe bezeichnen willst. Dann ja!« Mir bleibt die Spucke weg. Ist das ihr verdammter Ernst?

»Wo ist der Haken bei der Sache?« Denn eines steht fest: So gut kann kein Job sein. Und bei diesen Angeboten gibt es so gut wie immer einen Haken, der nicht selten etwas mit körperlichen Gefälligkeiten zu tun hat. Und wenn ich mir eines bei meiner Abreise vorgenommen habe, ist es das: Ich werde meinen Körper unter keinen Umständen an Männer verkaufen.

»Haken? Es gibt keinen. Du machst deinen Job und dann bist du Teil des Teams. Ganz einfach.« Sie deutet auf die Tür neben sich. »Also. Hier wären wir. Fernandez benimmt sich immer, als wäre er der Boss, aber eigentlich ist er nur ein kleines Licht, das nur leuchtet, wenn der Chef beschäftigt ist. Lass dich nicht von ihm einschüchtern, er liebt es, zu spielen. Ach ja … und Moment.« Liana stellt sich vor mich, greift nach dem Saum meines Tops und zieht es so weit herunter, dass meine Brüste fast herausspringen und ihr Gefängnis verlassen. Anschließend nimmt sie mir die Lederjacke ab und klemmt sie unter ihren Arm.

»Nur zur Vorsorge. Er liebt Möpse. Außerdem wird es dir hinter der Bar viele Mäuse einbringen, da kannst du deinen guten Vorbau ruhig nutzen, Süße. Ich musste drei Scheine hinlegen, um die Größe zu bekommen.« Wieder zwinkert sie und klopft dann an. Sekunden später ruft uns jemand mit spanischem Akzent herein, Liana öffnet die Tür und schubst mich fast schon in den Raum, in dem es nach Tabak und Sex stinkt. Sofort will ich umdrehen, aber ich weiß, dass ich nicht flüchten kann, also recke ich den Kopf nach oben und ertrage den Duft erhobenen Hauptes.

»Die Bewerberin für die *Silver*. Sie heißt Ivory, und wenn du mich fragst, ist sie perfekt für den Job«, flötet Liana und lässt mich dann mit dem Kerl auf dem Sessel gegenüber von mir allein. Er hat schokoladenfarbene Haut, einen Dreitagebart und oben schon lichtes Haar. In der linken Hand hält er eine Zigarre, in der rechten ein Glas, von dem ich mir sicher bin, dass die kristallklare Flüssigkeit darin kein Wasser, sondern Wodka ist.

»Du willst also den Job hinter der Bar?«, murmelt er mit seinem Akzent, und ich nicke lediglich. Der Kerl, Fernandez, wenn ich mich recht erinnere, steht auf, bläst den Rauch aus und kramt anschließend in einer Schublade am Schreibtisch herum. Er zieht einen Stapel Blätter heraus und knallt ihn zwischen uns auf den Tisch.

»Lies ihn dir durch, unterzeichne, und dann schicke ich dich zu Lewis, damit er dir das Tattoo stechen kann.« Wieder nimmt er einen Zug von der Kippe, und während ich die Blätter zusammenklaube und an mich nehme, habe ich das Gefühl, mich verhört zu haben.

»Welches Tattoo?« Von einem Tattoo war genauso wenig die Rede wie von einer *Red*, einer *Black* oder einer *Silver*. Und wieso zur Hölle stellt er mir gar keine Fragen?

»Hör mal, Kleine. Es gibt tausend hübsche Schlampen, die für den Job hier im Club töten würden. Also entweder, du akzeptierst die Bedingungen und lässt dich tätowieren, oder du bist raus.« Seine knurrenden Worte lassen meine Gedanken Achterbahn fahren. Ich überfliege die Worte im Vertrag, bis ich schließlich an einer Stelle hängen bleibe, die meinen Rachen austrocknet. *Jeder Mitarbeiter, der Teil des* Silver Wings *wird, verpflichtet sich hiermit, das Logo in Form der Flügel auf der Haut zu tragen, um die Loyalität gegenüber des Clubs nach außen hin zu symbolisieren.* Spinnen die? Ich lasse mich doch nicht brandmarken!

»Von einem Tattoo war nie die Rede!«, zische ich den Kerl vor mir an, der jetzt um den Tisch herumkommt und mich mit schräg gelegtem Kopf ansieht. Sein Blick wandert nach unten, und als er meine Brüste erreicht, zieht er die Luft scharf ein. Typisch. Das passiert dem männlichen Geschlecht in meiner Gegenwart etwas zu häufig. »Schade, dass du nur eine *Silver* werden willst. Als *Red* würdest du schon längst unter mir liegen und nach Gott schreien.« Feixend sieht er mich an, aber ich knicke ganz sicher nicht ein.

»Von. Einem. Tattoo. War. Nie. Die. Rede!« Er kommt näher an mich heran und sein Tabakatem hüllt mich ein.

»Wie gesagt, wenn du auf den Job und die Wohnung verzichten willst, bitte. Geh. Aber deine erbärmliche Reisetasche da sagt mir, dass du den Job brauchst. Also, deine Entscheidung. Lewis ist im Zimmer nebenan, dein Körper hat sicher bereits die ein oder andere Qual ausgehalten, den Schmerz der Nadel wirst du schon überleben«, raunt er. Ich spüre seine Blicke wie Messerstiche auf mir und mein Atem geht flach.

Nicht einknicken.

Einfach standhaft bleiben.

Ich zerknülle den Vertrag in meiner Hand fast vor Wut, weiß aber, dass der Wichser vor mir recht hat. Ich brauche das Geld und die Bude, also bleibt mir nichts anderes übrig, als diese albernen Bedingungen einzugehen, auch wenn ich keine Ahnung habe, was das alles mit sich ziehen wird. Eines steht fest: Dass ich auch nur in einer Sekunde darüber nachdenke, mich hier tätowieren zu lassen, verdeutlicht, dass ich am Arsch bin. Mächtig.

»Wollen Sie denn gar nicht wissen, ob ich qualifiziert für den Job bin?« Meine Frage kommt anders an, als ich sie meine, das sieht man an dem lüsternen Blick des alten Sacks. In seinen Gedanken hat er mir längst die restlichen Kleider vom Leib gerissen, dabei würde ich diesen Kerl nicht einmal mit einer Kneifzange anfassen.

»Oh, ich denke, du bist qualifiziert. Und jetzt verschwinde, bevor ich dich eigenhändig zur *Red* mache.« Ich muss an Lianas Worte denken und daran, dass der Kerl eigentlich gar keine Gewalt über jemanden hat. Und so kann ich ganz entspannt vor ihm stehen und das Spiel mitspielen, auch wenn ich noch nicht weiß, was eine *Red* überhaupt ist.

»Dann werde ich mich mal tätowieren lassen«, säusle ich lieblich und lasse den Kerl luftschnappend hier mitten im Raum stehen. Sobald ich mit dem Vertrag in der Hand auf dem Flur stehe, kommt Liana schon wieder in ihren hohen Schuhen an, als hätte sie nur darauf gewartet.

»Und? Hast du ihn?«, fragt sie euphorisch. Ich zucke mit den Schultern. »Wenn ich mich tätowieren lasse, ja.« Sie nickt, als wäre es nicht seltsam, dass ein Tattoo zu den Arbeitsbedingungen zählt.

»Ja, aber das ist keine große Sache. Siehst du?« Sie schiebt ihr Kleid so weit hoch, dass ich die kleinen, roten Flügel auf der Innenseite ihrer schmalen Schenkel sehen kann. Sie sind wunderschön und sehen so aus, als müssten sie da hingehören. »Tut nicht weh und ist eine Formsache. Die Bezahlung ist es allemal wert, glaub mir, Süße. Also. Was meinst du? Soll ich dich zu Lewis bringen, damit er die Nadel auspackt?«

Sie zieht verführerisch ihre Brauen hoch und jeder Zentimeter meiner Haut wehrt sich dagegen, einfach nachzugeben. Aber ich weiß, dass es keinen anderen

Ausweg gibt. Lieber trage ich ein Tattoo auf meiner Haut, als weitere Tage in Motels voller Schimmel zu übernachten. Oder weitere Jahre im Sumpf von Detroit … »Okay«, sage ich gepresst. Liana grinst bis über beide Ohren und zerrt mich dann über den dunklen Flur zur benachbarten Tür.

Ohne anzuklopfen, stürmt sie rein und der Kerl auf seinem Drehstuhl zuckt nicht einmal zusammen. Eine leicht bekleidete Dame liegt vor ihm, auf der Außenseite ihrer Oberschenkel klebt jetzt ein Pflaster.

»Ah, ihr seid grad fertig geworden? Gut so, ich hab wieder Arbeit für dich«, trällert Liana und schiebt mich nach vorn.

»Lewis, Ivory, Ivory, Lewis. Sie hatte gerade das Gespräch mit Fernandez.« Liana sieht Lewis mit einem seltsamen Ausdruck auf dem Gesicht an, den ich nicht deuten kann.

Derweil hüpft die Frau von der Liege herunter, richtet ihr Negligé und bedankt sich bei Lewis, bevor sie an uns vorbeimarschiert und uns allein lässt.

»Also. Du bist neu hier«, stellt Lewis fest, zieht sich die Handschuhe aus und reicht mir seine Rechte. Da er mir nicht so unheimlich vorkommt wie der Kerl von eben, ergreife ich sie. »Sieht ganz so aus.«

»Hast du dir schon eine Stelle ausgesucht?«, will er wissen. Und weil ich nicht direkt antworte, stupst Liana mich an. »Ivory? Hast du schon eine Stelle fürs Tattoo? Es ist nur ganz klein.« Ich wollte mich schon immer tätowieren lassen, aber bis jetzt hat mir jedes Mal das Geld gefehlt, also habe ich mir auch nie Gedanken darüber gemacht. Mein Blick wandert über meinen Körper, auf der Suche nach der passenden Stelle für ein Tattoo, das ich eigentlich unter keinen Umständen auf mir tragen will.

»Wie wär's hier?« Ich zeige auf den schmalen Streifen Haut meiner Hüfte, und Lewis nickt zufrieden. »Endlich mal woanders als am Oberschenkel. Du gefällst mir«, raunt er und klopft dann auf die mattschwarze Liege. »Hüpf rauf, das sollte nicht länger als eine halbe Stunde dauern. Hast du den Vertrag von Fernandez bekommen?«

Ein letztes Mal sehe ich Liana panisch an, aber als sie nur befürwortend nickt und mir die Daumen drückt, lasse ich es einfach über mich geschehen. Danach folge ich seiner Anweisung, hüpfe auf die Liege und reiche ihm den Vertrag, den er gedankenversunken durchliest. Eines steht fest: Das hier ist mit Abstand das seltsamste Bewerbungsgespräch, das ich je hatte!

***

»Geschafft.« Lewis legt die Maschine zur Seite, und als ich an mir hinabsehe, grinsen mich zwei schwarze Engelsflügel an, die sich jetzt auf meiner Hüfte befinden. Auch wenn ich kein Profi bin, sieht jeder, dass Lewis saubere Arbeit geleistet hat. Er öffnet eine

Tube, schmiert mir ein durchsichtiges Gel auf das Tattoo und verbindet das Ganze mit einem Pflaster wie schon bei meiner Vorgängerin. »Lass das noch zwei, drei Stunden drauf, dann kannst du es abnehmen. Einfach ein paarmal am Tag dünn eincremen, dann sollte es schnell verheilt sein.« Er reicht mir eine Tube, die ich dankbar an mich nehme. Der Schmerz beim Stechen war erträglich, aber an einigen Stellen fühlte es sich an, als würde die Nadel tiefer ins Fleisch gehen.

»Danke?« Ganz sicher sollte ich mich nicht bedanken, aber Lewis gefällt mir. Während des Stechens hat er mich mit Fragen über mich abgelenkt. Natürlich habe ich auf die meisten davon mit einer Lüge geantwortet, aber was erwartet er auch von einer Fremden, die gezwungen wird, sich vor ihm unter die Nadel zu legen?

»Wenn irgendwas nicht stimmt oder sich entzündet, kannst du jederzeit herkommen.« Er streift mit seinen Fingern mein Knie. Weil ich langsam, aber sicher wirklich müde werde, stehe ich auf und gehe entschlossen zur Tür. Ein letztes Mal sehe ich mich hier drin um und frage mich, was ich da gerade eigentlich getan habe …

Ehe ich von allein die Tür öffnen kann, hat Liana mir die Aufgabe abgenommen. Ihr Blick huscht als Erstes zufrieden zu meinem Pflaster, unter dem das Tattoo vor sich hin pocht.

»Gut, ihr seid fertig. Ich hab eben die Schlüssel für dein Apartment bekommen. Gott, du wirst es lieben!« Und mit diesen Worten zieht sie mich aus dem Raum und bringt mich zu der ersten Wohnung in meinem Leben, die wirklich mir gehört.

IVORY

Der Apartmentkomplex befindet sich direkt angrenzend an den Club, man muss aber über einen Hof gehen, um ihn zu erreichen. Und der Hof, in dem Liana und ich jetzt stehen, erinnert mich an eine perfekte Hollywood-Hochzeitslocation mit dem gigantischen Brunnen in der Mitte.

»Hier links lang«, sagt Liana und führt mich über den marmorierten Boden. Scheiße, der Besitzer muss Asche wie Heu haben, wenn er sich in einer sonst so schäbigen Gegend so einen Hof leisten kann. Hier hinten erinnert nichts mehr an die abgewrackte Straße mit den hässlichen Fassaden, vor denen mich der Taxifahrer gewarnt hat.

Nur die Laternen im Innenhof spenden uns Licht, und als ich mich umsehe, entdecke ich auf der rechten Seite haargenau dasselbe Gebäude wie das, das wir jetzt mit großen Schritten ansteuern. Als hätte man es per Copy and Paste eingefügt wie bei *Die Sims*.

»Vergiss die rechte Seite. Die gehört dem Boss, da kommt niemand so leicht rein.« Ich schüttle verständnislos den Kopf. Wieso denkt sie, dass es mich interessiert? Ich bin einfach nur verdammt überwältigt von so viel baulichem Charme in einer so herabgekommenen Gegend.

»Willkommen in der Wohnsiedlung der Engel.« Liana zwinkert und lässt mir den Vortritt. Gemeinsam betreten wir einen dunkelrot gehaltenen Flur, der Boden sieht aus wie der rote Teppich, die Türen sind massiv und dunkelbraun, beinahe schwarz. Kronleuchter hängen von den Decken in abgemessenen Abständen und werfen ein schönes Lichtspiel an die hohen Wände.

»Wie viele wohnen hier denn?«, frage ich überrumpelt, weil der Gang endlos erscheint. Außer uns befindet sich niemand hier und es herrscht beunruhigende Stille. Liana geht mit großen, aber eleganten Schritten auf das Ende des Ganges zu.

»Mit dir sind wir vierundzwanzig. Es gibt zwei Gänge dieser Art.« Sobald wir die letzten beiden Türen erreichen, macht sie eine einladende Handbewegung. »Hier wohne ich.« Sie deutet auf die vorletzte Tür rechts.

»Und hier wohnst du! Somit sind wir ab jetzt offiziell Nachbarn.« Sie zückt eine Schlüsselkarte aus ihrem Ausschnitt und öffnet damit die Tür wie ein Bond-Girl. Anschließend reicht sie mir die Karte, die ich misstrauisch mustere. Immerhin warte ich immer noch auf den großen Knall, der mir sagt, dass ich einen Pakt mit dem Teufel unterschrieben habe.

Liana lässt mir den Vortritt, und als ich drinnen stehe, schaltet sie hinter mir das Licht an. Sofort bleibt mir die Spucke weg, weil ich meinen Augen nicht trauen kann.

»Ich hab nicht übertrieben, was?« Sie lacht und stellt sich neben mich. Danach geht sie an mir vorbei und führt mir wie eine Immobilienmaklerin die Vorzüge des Apartments vor.

»Hier ist dein Wohnbereich.« In meinen Augen gleicht das eher einem Designerloft, aber okay! »Die Küche ist mit allem ausgestattet, was man so braucht. Amerikanischer Kühlschrank, Eiswürfelspender, hier hast du einen Induktionsherd.« Sie fährt mit den Fingern über die marmorierte Anrichte und ich bin fast gewillt, vor ihr auf die nackten Knie zu fallen, um ihr hierfür zu danken, obwohl sie ganz sicher nichts damit zu tun hat.

»Wie kann sich euer Boss das hier leisten?« Meine Frage lässt Liana kichern. »Die Mitglieder des Clubs lassen ordentlich was für eine Clubkarte rüberwachsen, Süße. Außerdem – hast du dir mal das Personal angesehen?« Sie zwinkert mir zu, und ich weiß, dass sie auf sich anspielt. Und ich muss ihr recht geben: Alle Frauen, die ich bis jetzt gesehen habe, sahen aus wie Models.

»Er hat die schönsten Frauen aus NY hier! Komm, es geht weiter!« Sie packt mich am Arm und marschiert mit mir in einen angrenzenden Raum, der mich noch sprachloser macht. In der hinteren Ecke befindet sich der Whirlpool, von dem sie mir bereits erzählt hat, und generell ist das Bad hier größer als meine letzte Bleibe in Detroit. Kaum zu glauben, dass sich mein Leben über Nacht von dem einer Gossenkellnerin in das einer modernen Cinderella verwandeln soll.

»Zu viel versprochen?«

»Wohl eher zu wenig!«, antworte ich hysterisch, weil ich noch nicht ganz glauben kann, dass diese Bude jetzt mir gehören soll, ohne dass man körperliche Gefälligkeiten von mir verlangt. Noch habe ich nicht einen Tag gearbeitet und trotzdem bietet man mir diesen Palast an?

»Okay, dann noch das Schlafzimmer.« Über das Badezimmer erreichen wir den letzten, auch nicht weniger pompösen Raum des Apartments. Goldene Tapeten, ein riesiges Bett, das zum Träumen einlädt und einen begehbaren Kleiderschrank. Ich gehe zu den Sachen auf den Bügeln herüber und stelle schockiert fest, dass alle Kleider meine Größe haben. Auch die Schuhe passen perfekt in mein dürftiges Sortiment, das aus zwei Paar besteht. Das, was ich gerade trage, und einem zweiten in meiner Reisetasche. Meinen geliebten durchgetretenen Chucks.

»Es wirkt vielleicht etwas gruselig, aber ich wusste gleich, dass du eine XS trägst. Also habe ich Maria Bescheid gegeben und sie hat deine Garderobe schnell eingeräumt. Das mit den Schuhen ist Zufall.« Und wann bitte soll sie das gemacht haben? Ich bin doch erst seit einer Stunde hier!

»Wer ist Maria?«, frage ich immer noch neben der Spur. Liana setzt sich auf mein Bett und verschränkt die Beine miteinander. »Sie ist so etwas wie unsere Mutti hier. Soweit ich weiß, war sie die erste Frau im Club, mittlerweile kümmert sie sich nur noch um die Neuankömmlinge. Genau genommen, ist sie also in Pension.«

»Wie oft kommen denn neue Frauen?« Ich will alles über diesen Club wissen, weiß aber, dass mir die Hälfte an Fragen erst einfällt, wenn Liana weg ist und ich alleine in diesem Luxusbett liege. Aber da ich vermutlich eine ziemlich lange Zeit hier verbringen werde, habe ich noch genug Möglichkeiten, sie alles zu fragen.

»Nicht so oft. Die Kunden bestehen auf Stammpersonal. Nur wenn jemand geht, so wie Suzanna jetzt, sucht der Boss neue Mädchen. Und jetzt hat er dich, er wird dich lieben!« Sie klatscht entschlossen in die Hände.

»Also, was meinst du? Soll ich dir noch ein bisschen was vom Club zeigen? Ich hab noch eine Stunde Zeit, bis ich an die Arbeit muss.« Ich will nicht wissen, warum sie nur eine Stunde Zeit hat, kann es mir aber denken. Ich will nicht sagen, dass man Liana das Nuttendasein ansieht, aber ich bin eben auch nicht blind.

»Ehrlich gesagt, bin ich ziemlich platt und mein Tattoo schmerzt«, versuche ich, sie abzuwimmeln, aber Liana interessieren meine Ausreden herzlich wenig. Sie steht auf und schüttelt entschlossen den Kopf.

»Schlafen kannst du, wenn du mit einem Bein im Grab bist. Außerdem wird der Schmerz in Vergessenheit geraten, wenn du Ablenkung hast. Komm, vertrau einer Frau, die schon alles hinter sich hat.«

Mittlerweile ist es schon zur Gewohnheit geworden, dass sie mich wie eine große Schwester bei der Hand packt. Widerwillig lasse ich mich aus diesem Traum eines Apartments führen, und als wir schließlich die Tür ins Schloss ziehen, zwinkert Liana mir zu. Ihre katzengrünen Augen funkeln belustigt auf, als sie auf meine Hände deutet.

»Pass gut auf deine Karte auf. Wenn du sie verlierst, kann es sein, dass ein paar der Kunden auf die Idee kommen, dir einen Besuch abzustatten. Wenn das je der Fall sein sollte, wird der Boss ihnen Hausverbot geben, aber wir wollen es ja nicht drauf ankommen lassen, oder?« Wie bitte? Es ist also schon vorgekommen, dass ein Kunde sich in die Wohnungen geschlichen hat?

Ich nicke geistesabwesend und starre die schwarze Karte in meiner Hand an. Ich kann immer noch nicht glauben, dass ich mit viel Glück nie wieder in einem schimmeligen Motel übernachten muss.

**

War der Club vorhin eher ruhig, herrscht jetzt eine andere Stimmung, als wir ihn über die Tür hinter der Bar betreten. Dort, wo vorhin die Damen zu ruhiger Musik getanzt haben, räkeln sie sich jetzt in mehr als knappen Kleidern zum Beat der Musik. Einige Männer sitzen immer noch auf den dunklen Sofas, um sich an ihren Anblicken zu ergötzen, aber jetzt ist die Tanzfläche im Vergleich zu vorhin zum Bersten gefüllt.

Vorhin hatte man das Gefühl, in einem Puff zu sein, jetzt gleicht alles eher einem luxuriösen Nachtclub, mit gewissen Vorzügen für das männliche Publikum eben. Liana klopft dem Mädchen hinter der Bar in dem silbernen Outfit auf die Schulter.

»Paris, machst du uns zwei Drinks fertig?« Die Frau nickt und mixt dann zwei Getränke, eines davon reicht sie mir, das andere Liana. Ich rieche am Drink und bin mir sicher, dass es ein Mojito ist. »Also. Hier ist der Hauptraum.« Wir stehen an der Bar und meine Augen müssen sich erst an das grelle Blinken der Wände gewöhnen.

»Hier links befinden sich die Tanznischen.« Sie geht mit mir auf eine der Nischen zu, die zu meinem Glück leer ist. Hier gibt es wohl die Tänze für die Männer, die mehr ‚Privatsphäre‘ wollen.

»Hier ist das oberste Gebot, dass keine unserer Frauen angefasst wird. Wir dürfen die Kunden berühren, aber sie uns nicht. Wenn sich hier jemand nicht dran hält, fliegt er.« Ich nippe an meinem Drink und sauge die Infos auf.

Im Vergleich zu den Schuppen, in denen ich schon als Barkeeperin arbeiten musste, ist das hier das *Hilton*. Alles ist sauber und es herrschen sogar Regeln, bis jetzt war ich nur in Läden, in denen Frauen wie Frischfleisch behandelt wurden. Langsam, aber sicher entspanne ich mich so weit, dass ich keinen Fluchtinstinkt mehr in mir spüre.

»Die Tanzfläche ist eigentlich erst ab Mitternacht wirklich gut besucht. Und dann fehlt nur noch ein Bereich.« Sie führt mich an den halb nackten Menschen vorbei zu den aneinandergereihten Türen neben der Bar, die ich schon beim Reinkommen bemerkt habe. Liana reißt eine der Türen auf, und als ich sehe, was sich darin abspielt, ziehe ich die Stirn in Falten und mein Magen stülpt sich über.

Ein korpulenter Mann liegt auf dem roten Bett und lässt es sich von einer Dunkelhaarigen besorgen, die nicht einmal aufblickt. Scheiße, halten sie hier nichts von Privatsphäre? Ich wende den Blick von dem Schwanz des Kerls ab und sehe stattdessen Liana an.

»Man gewöhnt sich an den Anblick, glaub mir. Sowohl da drin als auch hier draußen.« Ich sehe sie fragend an. »Du bist also auch eine ...« Ich will das Wort nur ungern aussprechen, aber ich weiß auch nicht, wie ich es angemessen umschreiben soll. »Ich bin eine *Red*, ja.« Sie sieht mich grinsend an.

»Du weißt immer noch nichts damit anzufangen, oder?« Ich schüttle den Kopf und brenne darauf, endlich eingeweiht zu werden. Sie atmet tief durch, schließt vorher die Tür und deutet dann auf mich und die Dame hinter der Bar in dem silbernen Outfit.

»Du und Paris, ihr gehört zur Kategorie der *Silver*. Die Damen, die nur an der Bar arbeiten, ohne zu tanzen oder sich zu prostituieren.« Liana dreht mich in Richtung der Tanzflächen und zeigt dann auf die leicht bekleideten Damen, die sich an den Stangen räkeln, als wären sie dafür geboren worden.

»Die da drüben sind die sogenannten *Black*. Sie tanzen. Sowohl draußen an den Stangen als auch in den Logen. Aber sie tanzen auch nur und verkaufen ihre Körper nicht in dem Sinne, wie ich es tue.«

»Weil du eine *Red* bist?«, mutmaße ich. »Genau. Wir sind die *Red*. Die Damen, die auch mit den Kunden schlafen und ihnen anderweitig entgegenkommen. Wir sind die einzigen Frauen hier, die auch angefasst werden dürfen. Natürlich gegen die entsprechende Bezahlung.«

Sie sagt es mit einer solchen Offenheit, dass ich gar nicht auf die Idee komme, sie dafür zu verurteilen. Ich weiß immerhin, was Menschen tun, die verzweifelt an etwas Geld kommen müssen, um zu überleben. Meine Mutter hätte davon ein Lied singen können.

»Macht es dir gar nichts aus, dich zu verkaufen?«, frage ich sie geradeheraus, weil ich weiß, dass ich offen mit ihr darüber reden kann. Sie schüttelt den Kopf.

»Weißt du, ich habe schon viele Jobs in meinem Leben gemacht, aber das hier ist einfach leicht verdientes Geld, das es so in kaum einem anderen Milieu gibt. Man gewöhnt sich an alles.« Sie tätschelt freundschaftlich meinen nackten Arm.

»Und jetzt komm: Wir wollen ja auch ein bisschen Spaß haben. Lass uns tanzen!« Und mit diesen Worten stürzen wir uns in die Menschenmenge und geben uns der Musik hin.

WEST

»Darf ich dich stören?« Mit diesen Worten steckt Fernandez den Kopf in mein Büro, und obwohl ich eigentlich keine Lust auf ein Gespräch mit ihm habe, winke ich ihn lässig herein. Auf meinem Schreibtisch türmen sich die Unterlagen und ich bin mir nicht mal sicher, wann ich das letzte Mal geschlafen habe. Ob ich in der letzten Woche überhaupt geschlafen habe, immerhin fühle ich mich überfahren.

»Was gibt es?«, frage ich ihn knurrend und bemerke, dass die Buchstaben vor meinen Augen verschwimmen. Ich ziehe die Schublade links von mir auf und hole mir eine Ritalin heraus, die mir dabei hilft, meine Konzentration zu behalten. Anschließend spüle ich sie mit Wasser herunter, auch wenn mir eher nach Wodka zumute ist.

»Die Bewerberin hat sich eben bei mir vorgestellt.« Fernandez hebt die Brauen und stellt sich gegen die Wand gegenüber meines Schreibtisches. Er hat die Hände in den Taschen vergraben und die Beine überkreuzt. »Und?«, frage ich desinteressierter, als ich wirklich bin. Hätte ich nicht alle Hände voll zu tun, hätte ich mir die Bewerberin lieber persönlich angesehen, als Fernandez' Instinkt zu vertrauen. Dieser Kerl denkt ohnehin nur mit dem Schwanz.

»Sie ist okay.« Das erste Mal lasse ich den Blick von den Unterlagen nach oben schweifen und sehe ihm ins Gesicht. In seinem Anzug fühlt er sich wie Gott persönlich, dabei bin ich der Einzige, der ihn zu etwas macht. Zu etwas, das nicht nichtsnutzig ist.

»Okay? Hast du ihr die Stelle gegeben, obwohl sie nur okay ist?« Ich spanne die Fingerknöchel an und spüre die Gelenke dabei knacken.

»Hohe Ansprüche stellen wir doch nie. Außerdem sah sie nicht übel aus und hatte dicke Titten. Nichts, was du anders entschieden hättest.« Seine überhebliche Art sorgt dafür, dass ich fast die Fassung verliere, aber ich weiß, dass ich heute noch meine Kontrolle brauche, also entspanne ich mich unter dem engen Stoff meines Hemdes. Fernandez liebt es, zu spielen. Nicht nur mit den Frauen, sondern auch mit mir. Ich stehe auf und gehe auf ihn zu, aber das schüchtert ihn noch nicht ein. Weil er weiß, dass ich einen Handlanger brauche, solange ich so viel zu tun habe.

»Du weißt, dass die Frauen das Wichtigste für uns sind, oder?«, rufe ich ihm in Erinnerung und er lacht bloß auf. »Klar. Am wichtigsten für die Kunden und ihre Schwänze.«

»Die Kunden und ihre Schwänze finanzieren uns. Also versau es nicht oder ich gebe dir nie wieder irgendeine Entscheidungsgewalt. Wenn du als Hausmeister arbeiten willst, bitte, ich suche eh noch jemanden.« Ich lasse ihn an der Wand stehen und lächle triumphierend, als ihm die die Mundwinkel nach unten sacken. Immer, wenn ich seinen Job in Gefahr bringe, wird er zum Schoßhund.

»Wo willst du hin?« Er heftet sich an meine Fersen, während ich den Flur betrete. Durch eine Glasscheibe habe ich von hier aus den perfekten Blick auf das Treiben im Club, ohne ihn wirklich betreten zu müssen. Meine Augen wandern zu meinen *Blacks* an den Stangen, die sich für die Kunden ins Zeug legen, herüber zu den verschlossenen Türen neben der Bar, die mir verdeutlichen, dass diese Nacht eine gute Nacht wird. Sowohl für die *Reds* als auch für mich. Eines steht fest: In den letzten Monaten hat das Geschäft geboomt, aber ich bin noch lange nicht am Ziel.

»Ich werde mir selbst ein Bild von ihr machen«, sage ich lässig zu Fernandez, der jetzt neben mich tritt. Sein Blick sucht die Tanzfläche ab und dann deutet er auf Liana, die in ihrem mehr als freizügigen, schwarzen Kleid tanzt.

»Siehst du die Kleine in dem knappen Top bei Liana? Die mit den schlanken Beinen?« Sofort weiß ich, wen er meint. Ihre silbernen Haare stechen förmlich aus der Menge heraus. Ich bin mir sicher, dass ich noch nie jemanden mit dieser Haarfarbe hier gesehen habe.

»Für mich ist es eine Verschwendung, sie als *Silver* einzustellen, aber das liegt ja nicht in meinem Ermessen.« Er zuckt mit den Schultern und mir entflieht ein Knurren, das er sofort richtig deutet.

»Richtig – liegt es nicht.« Mein Blick wandert zurück zu der Frau, die mir den Rücken zugekehrt hat und sich im Takt der Musik bewegt. Sie hat ausladende Hüften und ist trotzdem schmal. Ihr Arsch kommt in der Jeans perfekt zur Geltung. An der rechten Seite ihrer Hüfte kann ich das Pflaster sehen. Die Kleine ist also gleich in die Vollen gegangen - das gefällt mir. Die meisten Bewerber für die *Silver* weigern sich, ein Tattoo auf der Haut zu tragen. Die *Blacks* und *Reds* hingegen wissen, wie es ist, ihre Körper zu verkaufen.

»Johnson hat mich vorhin angerufen. Er will Liana morgen Abend für fünf Stunden buchen.« Mit einem Seitenblick auf Fernandez gebe ich ihm zu verstehen, dass er sich auf den Weg machen soll. Zu meinem Glück scheint der Kerl nicht ganz auf den Kopf gefallen zu sein, und so nickt er angespannt und lässt mich hier allein, um Liana Bescheid zu geben.

Ich krame in meiner Hosentasche, fische meine Zigaretten heraus und stecke mir eine zwischen die Lippen. Sobald ich den ersten Zug genommen habe, entspanne ich mich.

Auch wenn mich nur eine Glaswand vom Club trennt, ist es hier im Flur totenstill. Ich fokussiere mich wieder auf die Neue in dem knappen Top. Ihre silbernen Haare sind gelockt und fallen ihr bis über den unteren Rücken. Liana tanzt ausgelassen neben ihr, und auch wenn sie eine unserer schönsten Frauen ist, interessiert mich das Gesicht der Neuen viel brennender. Ich will wissen, was Fernandez dazu getrieben hat, sie einzustellen, dabei weiß ich es im Grunde genommen schon bei ihrer Rückansicht.

»Komm schon, dreh dich für mich um«, murmle ich mit der Zigarette zwischen meinen Lippen, von der ich einen neuen tiefen Zug nehme.

Und als hätte sie mich gehört, dreht sich die Fremde für mich im Kreis. Meine Augen wissen nicht, worauf sie sich zuerst konzentrieren sollen. Auf ihre langen Haare, die dabei mitschwingen? Auf den schmalen Streifen Haut an ihrem Bauch? Doch als sie ihre Drehung beendet und in meine Richtung gewandt stehen bleibt, spanne ich mich am ganzen Körper an. Sie hält ihre Augen geschlossen und wiegt sich von links nach rechts.

Ich habe selten ein so reines Gesicht gesehen wie das dieser Frau zwischen all den anderen. Es gibt zig Frauen da drin, aber ich habe nur Augen für ihre elfenbeinfarbene Haut. Und als sie die Augen öffnet und ihre Lippen zu einem Lächeln verzieht, kommt es mir vor, als hätte ich einen Flashback. Einen Flashback, der mir die Luft aus den Lungenflügeln zieht. Ich kenne diese Augen ... und dabei hatte ich mir geschworen, nie wieder in ihre Iriden zu sehen. Mich nie wieder in ihrem Gesicht zu verlieren. Nie. Wieder. Nicht, nachdem sie mein Leben unbewusst ruiniert hat.

Was zur Hölle hat sie hier zu suchen? Ich nehme die Kippe zwischen die Finger und drücke sie anschließend mit der Hand aus, indem ich sie zerquetsche. Dass sich die Glut dabei in meine Haut brennt, ist mir egal. Ich spüre ohnehin nichts mehr als Taubheit, und daran ist die Frau schuld, die jetzt so unwissend auf meiner Tanzfläche steht. Mein Blick bohrt sich in ihr Gesicht und ich will nicht glauben, dass sie wirklich hier ist. Mein Instinkt will in den Club stürmen und sie hier rauszerren.

Will sie nicht in der Nähe dieses Ladens und der Männer haben, die sie anstarren wie Frischfleisch, das sie ficken wollen. Doch bevor ich die Kontrolle verliere, lasse ich die Kippe zu Boden fallen, sehe sie ein letztes Mal mit zusammengebissenen Zähnen an und kehre ihr den Rücken zu, um zurück ins Büro zu gehen. Dabei schreit alles in mir danach, sie von hier wegzubringen ...

IVORY

Der Schweiß steht mittlerweile an jeder Stelle meines Körpers, weil sich die Leute immer dichter auf die Tanzfläche zu uns drängen. Dort, wo ich am Anfang frei und unbefangen zur Musik tanzen konnte, stoße ich jetzt regelmäßig gegen die nackte Haut anderer Menschen. Liana grinst mich breit an und ihre Zähne strahlen aufgrund der roten Lippen noch stärker.

»Du kannst dich wirklich toll bewegen!« Sie sieht mich anerkennend an. »Der Boss wird sich in den Hintern beißen, dass du nur an der Bar arbeiten willst und nicht an der Stange.« Ich erinnere mich daran, Fernandez dieselben Worte gesagt hören zu haben und zucke gleichgültig mit den Schultern. Was interessiert es mich, was andere denken? Richtig. Nichts. Ich mache mir nichts aus der Meinung anderer, schon lange nicht mehr.

»Pech für ihn.« Das Strahlen in ihrem Gesicht wird noch breiter, und als sie an mir vorbeisieht, erstirbt es plötzlich, als hätte man ihr ein Messer in den Rücken gerammt. Ich blicke hinter mich und sehe Fernandez auf uns zustolzieren. Schon allein bei seinem Anblick steigt Galle in mir auf, aber ich ignoriere das Ziehen in meinem Magen und tanze unbeirrt weiter, als würde es mir nichts ausmachen, in der Nähe dieses Schmierlappens zu tanzen, dabei wäre ich am liebsten ganz weit weg von ihm.

»Liana«, säuselt er und winkt sie zu sich heran. Sie tänzelt auf ihn zu, denkt aber nicht daran, sich aus dem Flow bringen zu lassen. »Was gibt's?«

»Es geht um Johnson. Er will dich morgen Abend haben«, raunt er zwar leise, aber nicht leise genug, wenn er nicht will, dass ich es mitbekomme. Desinteressiert versuche ich, mich auf etwas anderes zu konzentrieren, aber meine Aufmerksamkeit wandert automatisch zurück zu den beiden und ihrem Gespräch, auch wenn es mich nichts angeht, wer Liana morgen buchen möchte. Und doch habe ich dieses verrückte Huhn schon nach zwei Stunden ins Herz geschlossen, weil sie meine einzige Bezugsperson hier ist.

»Für wie lange?«, fragt Liana lieblich, auch wenn ich schon nach wenigen Stunden hier weiß, dass sie Haare auf der Zunge haben kann. Vermutlich ist sie die perfekte Mischung, wenn es darum geht, sich hier drin durchzuschlagen.

Man darf nicht zu kratzbürstig wirken, wenn man viel Geld verdienen will, aber auch nicht zu zahm sein, damit die Kerle einen nicht wie Ware in einem

Supermarkt behandeln. Anfassen und zurücklegen, ohne etwas zu zahlen. Liana weiß, wie sie sich geben muss.

»Fünf Stunden. Außerdem ist dein Kunde da und wartet an der Bar auf dich.« Allein beim Gedanken daran, was er damit meint, schüttle ich mich innerlich. Ich verurteile niemanden, der mit körperlichen Gefälligkeiten sein Geld verdient, immerhin hat meine eigene Mutter so jahrelang unseren Kühlschrank in Detroit gefüllt, aber ich bin bis jetzt noch nie auf die Idee gekommen, mich derart zu verkaufen.

Mein Blick wandert zu Liana, die flüchtig meinen Arm streift. Danach flüstert sie mir etwas ins Ohr und ihr warmer, nach Alkohol riechender Atem schlägt mir entgegen.

»Warte ruhig hier auf mich, dann gehen wir zusammen nach Hause. Der Kunde braucht nie lange.« Eine Gänsehaut überkommt mich, aber ich nicke und sehe ihr dann dabei zu, wie sie mit schwingenden Hüften die Tanzfläche verlässt.

Ihr Körper weiß genau, wie er sich bewegen muss, um den Männern den Kopf zu verdrehen. Selbst ich komme aus dem Starren nicht heraus, obwohl ich Frauen nie etwas abgewinnen konnte.

An der Bar wartet ein schlaksiger Kerl in den Dreißigern auf sie, die Hände in den Hosentaschen seines Anzuges vergraben. Anschließend verschwinden sie in dem mittleren der Zimmer und mein Blick wandert zurück zu Fernandez, der jetzt mit zusammengekniffenen Augen neben mir steht und mich begafft wie ein Steak, das er auf den Grill feuern will. Und weil ich keine Lust mehr habe, das Pulver seiner späteren Fantasie zu sein, bahne ich mir meinen Weg durch die verschwitzten Leiber hin zu den Toiletten neben den Tanzlogen.

Sobald ich von der Party abgeschirmt bin, atme ich laut und erleichtert aus. An jeder Stelle meines Körpers klebt der Schweiß und ich sehne mich nach dem anstrengenden Tag einfach nur nach einer Dusche und einer Mütze Schlaf, der in den letzten Nächten eindeutig zu kurz gekommen ist.

In den meisten Motels, in denen ich übernachtet habe, konnte ich nicht einmal die Türen von innen verschließen, und so habe ich viele Nächte mit offenen Augen im Bett verbracht, weil mich jedes Geräusch aufgeweckt hat.

Ich gehe zum Waschbecken, lasse kaltes Wasser über meine Handgelenke laufen und erfrische mir anschließend das Gesicht. Sobald ich meine Hände getrocknet habe, fällt meine Aufmerksamkeit im Spiegel auf das Pflaster an meiner Hüfte.

Ein Blick auf die Uhr zeigt mir, dass die vorgegebenen zwei Stunden von Lewis bereits vorbei sind, und so greife ich ein Ende des Pflasters und ziehe es langsam und vorsichtig ab. Zum Vorschein kommen zwei schwarze Engelsflügel, die, wenn ich ehrlich bin, ziemlich gut zu mir passen. Mit den Fingern berühre ich die umliegende Haut, die immer noch leicht gerötet ist, schiebe mein Top nach oben, damit Luft an das Tattoo kommt, und verlasse anschließend das Badezimmer, um mich wieder auf den Weg zur Tanzfläche zu machen und darauf zu warten, dass Liana ihr Versprechen einhält und mich zu meiner Wohnung begleitet. Wenn ich ehrlich bin, habe ich mir den Weg dorthin nicht gemerkt, weil mich alle Eindrücke bis dahin überwältigt haben.

Doch gerade, als ich erleichtert feststelle, dass Fernandez das Feld geräumt hat, packt mich jemand von hinten bei der Hand und zerrt mich zurück, bis ich mich in einer der Tanzlogen wiederfinde. Ehe ich dem Übeltäter ins Gesicht sehen kann, wird die Tür hinter mir zugeschlagen und ich bin von der Party abgeschirmt. Mit jemandem, den ich noch nicht einmal gesehen habe, dabei kann ich es mir zu gut denken.

»Wen haben wir denn da?« Die dunkle Stimme eines Mannes durchschneidet die Luft, und als ich mich umdrehe, sehe ich einem Fremden ins Gesicht. Instinktiv ging ich von Fernandez aus, aber als ich das Lachen im Gesicht dieses Mannes sehe, weiß ich, dass Fernandez ein kleineres Übel gewesen wäre. Der Kerl glotzt mich hemmungslos an und legt den Kopf schräg. Ob das der Boss ist? Sicher nicht, dafür scheint er nicht wohlhabend genug zu sein. Viel eher wirken seine Blicke wie Gift auf mich.

»Du bist neu hier, oder?« Sein Versuch, Small Talk mit mir zu betreiben, kommentiere ich mit einem Lachen. Und gerade, als ich die Tür öffnen und flüchten will, packt mich der Kerl beim Handgelenk und zwingt mich damit in die Knie und weg von der Tür, obwohl ich alles dafür tun würde, hier rauszukommen.

»Fass mich nicht an. Oder kennst du die Regeln nicht?«, speie ich aus, auch wenn ich selbst noch nicht mit allen Regeln vertraut bin. Immerhin hatte ich noch nicht einmal meine erste Schicht hinter der Bar, geschweige denn, weiß ich, worauf ich mich hier eingelassen habe. Das Tattoo schmerzt pochend und die Blicke des Kerls geben mir den Rest.

»Nicht so widerspenstig. Tanz lieber, anstatt so aufmüpfig zu sein.« Sein linker Mundwinkel geht zeitlupenartig nach oben, während er mich mit seinen braunen Augen auszieht. Als er erneut nach meinem Arm greift, weiche ich zurück und er landet im Nichts.

»Ich bin keine Tänzerin«, knurre ich ihn an. Der Raum ist eigentlich recht geräumig, mit dem schwarzen Sofa auf der anderen Seite und der Tanzstange in der Mitte. Aber in diesem Moment fühlt es sich an, als würde ich hier drin ersticken, weil sein penetranter Duft nach teurem Parfum alles einnimmt.

»Du bist also keine Tänzerin?« Der Mann kommt näher an mich heran, bis ich mit dem Rücken gegen die Tür stoße. »Nein. Ich arbeite hinter der Bar. Ich habe heute erst unterzeichnet.« Ich bin dem Typen gewiss keine Rechenschaft schuldig, aber sein Blick sagt mir, dass er hartnäckig ist, wenn ich nicht mit der Sprache herausrücke.

»Sag mir, wenn du keine Tänzerin bist, Süße ...« Sein ekelhafter Atem hüllt mich ein, und dann zerrt er so ruppig an meiner Hüfte und somit an meinem frischen Tattoo, dass ich kurz aufschreie. »Wieso hast du dann die schwarzen Flügel, hm?« Die Worte drehen sich in meinem Kopf und mir wird kurz schwarz vor Augen. »Ich -«

»Verarsch mich nicht. Hast du eine Ahnung, was ich im Monat für eine Clubkarte hier blechen muss, Kleine? Und jetzt tanz!« Mit diesen knurrenden Worten stößt er mich in Richtung Stange, wo ich zu Boden gehe und mir an der scharfen Kante des Podestes die Hand aufschneide. Sofort quillt das Blut aus der frischen Wunde heraus und Sterne tanzen vor meinen Augen, die mir die Sicht erschweren. Aber ich darf mich dem Schmerz nicht hingeben, weil ich sonst ein gefundenes Fressen für ihn bin.

»Hast du mich immer noch nicht verstanden? Tanz, du Schlampe!« Das Schlimmste an dem Kerl vor mir, der jetzt die Tür und somit den Ausgang blockiert, sind nicht seine Beleidigungen, sondern das süffisante Grinsen auf dem Gesicht. Es verdeutlicht mir, dass ich tun muss, was er sagt, weil er sonst noch weitergeht, auch wenn er gegen die Regeln verstößt und aus dem Club fliegen kann. Etwas in seinen dunklen Augen sagt mir, dass ihm die Konsequenzen egal sind. Innerlich überlege ich, wie ich mich aus der Situation befreien kann, aber ich weiß, dass es nur einen Weg gibt. Also stemme ich mich mit wackeligen Knien hoch und beginne, meine Hüften kreisen zu lassen.

Der Kerl nickt zufrieden und setzt sich anschließend auf das Sofa, um den perfekten Blick auf meine Show zu haben, die ich ihm gleich bieten werde. Ich muss ihn so lange ablenken, dass er nicht mehr klar denken kann, und dann kann ich fliehen.

Auch wenn meine Hüfte vor Schmerz brennt, bewege ich sie ansehnlich von links nach rechts und fahre mir mit der unverwundeten Hand durchs lange, silberne Haar, hinunter zu meinen Brüsten in dem engen Top und über meinen flachen Bauch. Das Blut pocht unter meinem Tattoo und ich bin mir sicher, dass es sich entzünden wird, aber das sind gerade meine kleinsten Sorgen.

»Gut so, du störrisches Ding«, murmelt er erregt, und ehe ich realisiere, was der Kerl macht, hat er auch schon seinen Schwanz aus der Hose geholt. Angewidert sehe ich dem Kerl, der sicher schon in den Fünfzigern sein muss, dabei zu, wie er sich auf meinen Tanz einen runterholt. Mein Rachen schmeckt nach Magensäure, aber ich schlucke meinen Stolz herunter und gehe stattdessen auf ihn zu, um dann vor ihm auf die Knie zu fallen.

»Du brauchst diese Show wohl, um warmzulaufen, was?« Wieder dieses erregte Murmeln, wieder wird mir schlecht.

Ich lege meine linke Hand auf sein Knie und schiebe seine Beine auseinander, um mich dazwischen zu drängen. Verlangen flackert in seinen braunen Augen auf, das ich ihm gern rauskratzen würde, aber ich muss auf den perfekten Moment warten. Und der ist gleich gekommen, da bin ich mir sicher. Der schleierhafte Ausdruck auf seinem Gesicht spricht Bände, ohne dass er die Fresse aufmachen muss.

Während er seinen Schwanz mit der Hand bearbeitet und den Kopf raunend zurückwirft, fahre ich mit der Hand über seinen wabbeligen Bauch und achte penibel darauf, sein bestes Stück nicht zu berühren. Das Blut läuft weiter aus meiner Handfläche und tropft auf die geölten Schuhe des Monsters vor mir, während er mir hemmungslos in den Ausschnitt starrt und den Druck auf seinen Schwanz erhöht.

»Ich wusste gar nicht, dass eine *Black* auch anpacken darf«, raunt er und stößt seinen Atem keuchend aus. Ich sehe den verschleierten Blick aus seinen Augen, ziehe seine Hose ein Stück weiter herunter und bereite mich auf meinen Einsatz vor. Seine Augen sehen in meine, und ein diabolisches Grinsen umspielt meine Lippen, weil ich weiß, dass ihm seines gleich ein für alle Mal vergehen wird.

»Ich. Bin. Keine. *Black*!« Und dann beiße ich so stark zu, dass sein Schrei den gesamten Club erschüttert. Schnell lasse ich von ihm ab und sehe ihm genugtuend dabei zu, wie er auf dem Sofa zur Seite kippt wie ein nasser Sack und sich den Schritt hält.

»Du SCHLAMPE! Dich mach ich kalt!« Aber er ist so mit seinen Schmerzen beschäftigt, dass er sich nicht mal vom Sofa rollen könnte, wenn er wollte.

Ich wische mir den Mund ab und spüre seinen Geschmack auf mir, der meine Zunge verätzt, aber ich muss einfach an etwas anderes denken. Daran, zu fliehen. In Sekundenschnelle sind selbst die Schmerzen meiner Wunden vergessen. Solange, bis die Tür hinter mir aufgerissen wird und ich einem Mann gegenüberstehe, der mich aus silbernen Augen wütend anfunkelt.

Augen, die ich sofort erkenne.

Wie zur Hölle ist das möglich?

Und was zum Teufel hat *er* hier zu suchen?

Meine Welt dreht sich plötzlich schneller als je zuvor, meine Beine wackeln bedrohlich und plötzlich sind die Schmerzen wieder mit voller Wucht bei mir. Ich muss träumen. Eine andere Erklärung darf es nicht geben. »West?« Sein Name kommt flüsternd über meine Lippen, und je länger ich in seine silbernen Augen sehe, desto stärker werde ich in die Vergangenheit geschleudert. Eine Vergangenheit, die mir den Boden unter den Füßen entreißt.

IVORY

Stille durchzieht den Raum, die nur hin und wieder vom Winseln des Mannes hinter mir durchbrochen wird. Er steht mir gegenüber und sieht mich ausdruckslos an, scheint den Kerl auf dem Sofa nicht einmal zu bemerken. Instinktiv gehe ich einen Schritt auf ihn zu, aber sein Blick bringt mich zum Stoppen, ohne dass er etwas sagen muss. Die Tür fällt hinter ihm ins Schloss und die Bässe werden wieder abgedämpft.

»Was ist hier los, Liam? Deine Schreie waren im ganzen Club zu hören.« Der Blick aus seinen silbernen Augen gilt nur mir, obwohl er mit dem Kerl hinter mir spricht, der sich jetzt aufrappelt, sein bestes Stück unter Schmerzen einpackt und auf mich zustürzt. Ehe er mich erreichen und mir wehtun kann, hat sich der Mann, von dem ich immer noch ausgehe, ihn zu kennen, zwischen uns geschoben.

»Die Fotze hat mir in den Schwanz gebissen!«, knurrt er und spuckt das F-Wort beinahe aus. Ich taumle einige Schritte zurück, damit ich Abstand

51

aufbauen kann, aber eine Hand greift nach mir und hält mich auf. »Du bleibst.« Die Stimme des Mannes ist schneidend, und auch wenn ich kein devotes Püppchen bin, gehorche ich ihm. Wenn er der Besitzer ist, ist er auch mein neuer Boss.

»Stimmt das?« Seine silbernen Augen sehen wieder in meine und ich würde mich am liebsten in seine Arme werfen, um anhand seiner Umarmung herauszufinden, ob er wirklich derjenige ist, für den ich ihn halte. Er muss es sein. Sein Gesicht ist immer noch genauso markant und schön wie früher, nur, dass er jetzt ein Mann und kein Junge mehr ist.

»Er hat mich gezwungen, zu tanzen«, antworte ich in barschem Ton, der Liam wieder zum Keuchen bringt. Nur der circa achtzig Kilo schwere Muskelberg zwischen uns hält ihn davon ab, mich hier und jetzt zu zerfleischen.

»Sie ist eine *Black*! Und ich bezahle genug Geld für diesen Club.« Der Mann, der in dem dunkelblauen Anzug viel zu verführerisch aussieht, dreht sich ganz in meine Richtung und beugt sich über mich. »Also, Kleine. Wer von euch beiden lügt mich an?«

Sein warmer Atem vernebelt meine Sinne vollkommen. Ehe ich antworten kann, gleitet sein Blick über meinen Körper, und als er das Tattoo an meiner Hüfte entdeckt, verdunkelt sich seine Miene. »Dein Tattoo ist schwarz«, stellt er fest, was ich längst weiß. Natürlich ist es schwarz! Doch dann kommt mir Lianas

Tattoo wieder in den Sinn. Die roten Flügel an ihren Oberschenkeln ... »Ein schwarzes Tattoo bedeutet, dass du eine *Black* bist«, antwortet der Schleimbolzen hinter ihm und grinst mich triumphierend an. Hat er noch nicht genug gelitten, weil er so überheblich mit mir umgegangen ist?

»Dann muss dem Tätowierer ein Fehler unterlaufen sein, ich habe mich für die Stelle hinter der Bar beworben!« Meine Knie zittern, aber ich versuche, mir nicht anmerken zu lassen, wie sehr ich unter Strom stehe. Und wie groß das Verlangen ist, mit West allein zu sein und ihn zu fragen, was all das zu bedeuten hat. Wie lange ist es her, seit wir uns das letzte Mal gesehen haben? Seit er mich im Stich gelassen hat? Sicher über zehn Jahre.

»Du glaubst der Kleinen doch nicht wirklich, oder? Ich bin seit drei Jahren dein Kunde!« Aber West bringt Liam mit einem Knurren zum Schweigen.

»Wenn das, was sie sagt, stimmt, solltest du deine Klappe halten.« Ich stelle mich neben West, auch wenn mir seine Nähe noch immer den Atem raubt.

»Fick dich, Cotrell. Du wirst von mir hören, das schwöre ich dir.« Und mit diesen Worten stürmt der Kerl mit wackeligen Schritten aus der Loge, sodass wir allein zurückbleiben.

»Cotrell«, murmle ich den Namen, der mir unbekannt ist. Wests Familienname war nicht Cotrell, aber dennoch bin ich mir sicher, dass er es ist, der jetzt

53

vor mir steht und mich mit harter Linie um die Lippen ansieht. »Ich kenne dich.« Ich gehe noch einen Schritt auf ihn zu, bis ich ihn fast berühre, und halte inne. West bewegt sich nicht von der Stelle und starrt auf mich hinab, weil ich, wie damals schon, viel kleiner als er bin.

»Das hier ist mein Laden. Und meine Kunden sind das Wichtigste, damit der Laden läuft. Wenn du noch einmal negativ auffällst, fliegst du wieder.« Seine Worte gleichen einer Ohrfeige, die mich aufkeuchen lässt.

»Aber er hat mich bedrängt!« Doch mein Protest scheint ihn völlig kaltzulassen. In dieser Sekunde erinnert nichts an den West, den ich kennengelernt habe, und ich frage mich, ob ich mich nicht doch täusche. Ob mir mein Kopf bloß einen üblen Streich spielt. Sein Hemd ist oben offen und so kann ich erahnen, was sich unter dem Stoff befindet.

»Tanz.« Es ist nur ein Wort, eine Aufforderung, aber sie sorgt dafür, dass mir schwindelig wird. Das kann er unmöglich ernst meinen, nachdem er mich vor diesem Kunden verteidigt hat.

»Was für ein Spiel treibst du, West?«, frage ich ihn flüsternd, aber er zuckt nicht einmal mit der Wimper. Stattdessen packt er mich beim Handgelenk und zieht mich dicht an sich heran, bis ich mit der Brust gegen seine stoße. Sein Atem trifft auf meine Schläfe und eine Gänsehaut jagt über meinen Körper. »Ich sagte, du sollst tanzen.« Ich sollte Angst vor ihm haben, weil die Drohung in seiner Stimme deutlich mitschwingt, aber ich habe keine Angst. Alles, was ich empfinde, ist Hitze, die durch meinen Körper wabert. Auch wenn er so tut, als würden wir uns nicht kennen, weiß ich, dass er lügt. Dass er sehr wohl weiß, wer ich bin.

Und ich weiß, dass er mir nie ernsthaft wehtun würde, nicht nach dem, was wir miteinander durchgestanden haben. Und weil ich immer noch wie versteinert bei ihm stehe, ohne seiner Bitte nachzukommen, erhöht er den Druck auf meine Haut. Sein Mund wandert zu meinem Ohr, und als er mein Haar dahinter geschoben hat, flüstert er mir seine Drohung deutlicher zu.

»Entweder du tanzt jetzt, oder ich bringe dich dazu.« Mein Herz setzt aus. »Such es dir aus.« Ich schlucke schwer, schiebe West sachte von mir, greife nach seiner Hand und bugsiere ihn zu der Couch, auf der Liam vorhin gesessen und mich angegafft hat. Doch als ich Wests Blick begegne und meine Hüften für ihn kreisen lasse, könnte er kaum desinteressierter sein. Seine Augen, die in dem Licht hier so dunkel wirken, machen vermutlich jeder Frau Angst, aber ich weiß, dass ich meinen Instinkten trauen kann. Dass ich ihm trauen kann.

Ich schiebe meine Haare nach hinten und bewege mich zu der Musik in meinem Kopf. Von links nach rechts, von rechts nach links. Die Schmerzen auf meiner Hüfte sind in Vergessenheit geraten, ich fokussiere mich nur noch auf den Mann vor mir, der mich mit starrer Miene mustert. Doch anstatt auf meinen Körper zu achten, der sich für ihn bewegt, sieht er mir direkt in die Augen.

Hitze steigt in meine Wangen, weil es sich noch nie so intim und richtig angefühlt hat, für einen Mann zu tanzen. Als wir uns kennengelernt haben, waren wir noch Kinder.

Jetzt?

Jetzt kocht mein Blut, wenn ich daran denke, dass ich mit meiner Vermutung richtigliegen könnte. Wenn der Mann vor mir wirklich West ist … Doch ehe ich weiter für ihn tanzen kann, hat er beschlossen, die Show zu verlassen.

Er stemmt sich hoch und kommt auf mich zu. Mein Körper verwandelt sich in heißes Wachs und meine Lippen teilen sich bereits, um etwas zu sagen, aber er kommt mir zuvor.

»Du hast recht: Zum Tanzen bist du jedenfalls nicht hier. Noch ein Fehltritt und du bist gefeuert.« Seine Worte schnüren meine Kehle zu, und ohne dass ich es kontrollieren kann, treten Tränen in meine Augen, die ich mit aller Macht zurückhalten will. Wie kann er so zu mir sein? Und langsam, aber ganz sicher, bekomme ich die ersten Zweifel. West hätte nie so mit mir geredet.

Ehe ich etwas sagen kann, hat er sich an mir vorbeigeschoben, aber dieses Mal bin ich es, die nach seiner Hand greift und ihn zurückhält. Wie die Blicke eines Raubtieres wandern seine Augen zu mir.

»Ich weiß, dass du es bist, West.« Meine Worte kommen nicht so kraftvoll über meine Lippen, wie ich es vorhatte, aber der ganze Abend bringt mich durcheinander. Ein überhebliches Grinsen ziert seine schönen Lippen.

»Ich habe keine Ahnung, wovon du sprichst.« In Sekundenschnelle sind seine Augen wieder zu Eis erstarrt, genau wie seine Mundwinkel. »Und. Jetzt. Geh. An. Die. Arbeit.«

Das Nächste, was ich mitbekomme, ist das Zuschlagen der Tür hinter ihm. Ich bin allein in der Loge, die Tränen brennen immer noch in meinen Augen und ich gebe dem Drang meiner Knie nach. Ich sinke zu Boden und ziehe die Beine an den Bauch. Ich dachte, dass der erste Tag in New York nicht hätte schlimmer werden können. Jetzt weiß ich es besser.

WEST

Ihr Anblick bringt mein Blut immer noch zum Kochen, als ich mir meinen Weg durch den zum Brechen vollen Club bahne. Sie ist es wirklich. Ein Teil in mir hatte gehofft, dass sich meine Augen nur getäuscht hatten und mein Verstand mir einen Streich gespielt hat. Aber die Frau in der Loge ... ist Ivory. Ohne jeden Zweifel.

Und sie hat mich sofort erkannt, obwohl über zehn Jahre seit unserem letzten Kontakt vergangen sind. Wie kann sie immer noch diese Reinheit in ihrem Gesicht haben? Als wir uns getrennt haben, waren wir Kinder!

Ich balle die Hände zu Fäusten, schiebe Fernandez weg, der mich auf Liam und den Vorfall in der Loge ansprechen will, und stürze mich in Richtung Bar, hinter der ich verschwinde und den Club hinter mir lasse. Das Blut rauscht in meinen Ohren, als ich über den Gang gehe und anschließend den Hinterhof erreiche, der zu meinem Glück leer ist. Mitten auf dem Platz bleibe ich stehen und atme die kalte Abendluft ein, aber egal, wie lange ich hier stehe, meine Gedanken kühlen einfach nicht ab und jeder Atemzug zwingt mich dazu, zurück in den Club zu gehen. Erst als das Klackern hoher Absätze hinter mir ertönt, drehe ich mich über die Schulter um und sehe eine meiner Frauen auf mich zukommen. Ich hege normalerweise viel Abstand zu meinen Angestellten, aber Roxana ist anders. Schon seit ich sie angestellt habe, haben wir ein, sagen wir, anderes Verhältnis zueinander.

Sie grinst mich schief an und mein Blick wandert flüchtig über ihren schmalen Körper unter dem roten Lackkleid, das ziemlich jedem Kerl im Club die Synapsen verbrennt. Wenn auf eine meiner *Reds* Verlass ist, dann auf sie, immerhin bringt sie neben Liana das meiste Geld ein.

»Warum treibt sich der Boss um diese Uhrzeit noch im Club herum? Gab es Ärger in den Logen?« Ihre Stimme ist dunkler, als man bei ihrem Anblick vermuten würde, und trägt immer einen lasziven Unterton in sich, der ihre Kunden um den Verstand bringt. Mit zwei weiteren Schritten ist sie bei mir und streift flüchtig meinen Arm. Ich weiß, was sie will. Und gerade bin ich mir ziemlich sicher, dass ich es auch will, selbst wenn ich einfach Zeit für mich wollte.

»Frag nicht«, antworte ich barsch. Und als ich einen Blick in ihr gebräuntes Gesicht werfe und sie ihre Zungenspitze über ihre vollen roten Lippen wandern lässt, weiß ich, dass ich Ivory nur so aus dem Kopf bekomme. Ich packe Roxana bei der Hand und schleife sie zu meiner Eingangstür rechts von uns. Sobald wir abgeschottet sind, klebt sie schon an meinen Lippen und meine Hände an ihrem Arsch, wie all die Male zuvor.

»Das letzte Mal ist lange her«, säuselt sie keuchend und vergräbt ihre langen Nägel in meinen Haaren. Mit Leichtigkeit hebe ich sie hoch und trage sie anschließend in mein Schlafzimmer, um sie auf dem Bett abzulegen.

Meine Finger kennen die Kleider der Frauen in- und auswendig, und so finde ich mit Leichtigkeit den Reißverschluss an der rechten Seite. Mit einem Zipp ist es offen und ich schiebe das Kleid vom Bett herunter, sodass sie nackt vor mir liegt. Nur noch der durchsichtige Stoff ihres Höschens ist mir im Weg.

»Du bist wütend«, stellt sie mit schräg gelegtem Kopf fest. Ihre langen, aufgeklebten Wimpern werfen Schatten auf ihre Wangen und ihre langen, schokoladenbraunen Haare verteilen sich auf meinem Bett. Doch anstatt ihr zu antworten, vergrabe ich das Gesicht an ihrem Hals und bringe sie zum Stöhnen, indem ich Richtung Nippel wandere und sanft reinbeiße.

»Mir gefällt es, wenn du wütend bist.« Es gefällt ihr. Und mir gefällt es auch. Aber dann denke ich wieder an den Grund für die Wut in mir und ich spanne meine Glieder an.

»Zeig mir, was dich wütend macht, West«, flüstert sie in mein Ohr und zerrt mich dichter an sich, doch noch bevor sie mein Hemd öffnen und es mir abstreifen kann, breche ich ab. Mit entschlossenen Schritten gehe ich zur Tür und lasse sie nackt auf meinem Bett liegen.

»Hey, was soll das?« Ich bleibe im Türrahmen stehen und starre auf das dunkle Laminat im Flur vor mir. »Du solltest gehen, Roxana. Ich muss noch etwas erledigen.« Gott, eine dümmere Ausrede dafür, dass ich keinen hochkriege, solange Ivory in meinen Gedanken ist, hätte ich nicht erfinden können.

»Cotrell!« Das schneidende Aussprechen meines Namens lässt mich herumfahren, und dann steigt Roxana elegant von meinem Bett und kommt in ihrem Hauch von Nichts auf mich zu. Sie trägt immer noch lediglich ihre hohen Schuhe und den Slip.

»Wir hatten oft Spaß zusammen«, raunt sie. »Und du bist mein Boss, das weiß ich.« Ein diabolisches Grinsen huscht über ihre feuerroten Lippen. »Aber mit mir spielt man nicht.« In dieser Sekunde rauscht ihre flache Hand in meine Richtung und ihr Schlag sorgt dafür, dass mein Kopf nach links gefeuert wird.

»Schlaf schön.« Sie streicht behutsam über die sicher rot angelaufene Stelle in meinem Gesicht und lässt mich dann hier stehen wie einen begossenen Pudel.

»Was ist mit deinem Kleid?«, rufe ich ihr süffisant hinterher, und ich bin dankbar dafür, dass Roxana so viel Feuer hat. Ihr kleiner Auftritt hat mich Ivory für einen Moment vergessen lassen, jetzt ist sie dafür umso präsenter. Sie wirft mir ein Kopfschütteln zu und geht rückwärts von mir weg. »Ich zeige gern, was ich habe. Behalte es fürs nächste Mal, wenn du mich ausnutzen willst, um eine andere zu vergessen.« Und dann ist sie in der Dunkelheit des Flures verschwunden und die Tür fällt ins Schloss.

Eine Weile bleibe ich noch hier stehen und will mein Blut wieder zum Abkühlen bringen, renne anschließend ins Bad, zerre mir die Klamotten vom Leib und stelle das Wasser in der Dusche an. Ich muss diese Biester aus dem Kopf kriegen. Vor allem dieses eine Biest, von dem ich gehofft hatte, es nie wieder zu sehen, nachdem ich mein Leben für sie geopfert habe.

IVORY

7 Jahre alt

»Mommy, wer ist das?« Ich stehe am Fenster und stelle mich auf die Zehenspitzen, damit ich nach unten auf die Straße sehen kann. Ein großes, blaues Auto, das überall Beulen hat, steht direkt vor unserer Tür.

Meine Mutter pustet den Qualm ihrer Zigarette aus und kommt auf mich zu. Mit einem Schmatzen blickt sie nach draußen auf den Jungen, der jetzt mit gesenktem Kopf aussteigt, gefolgt von einer Frau in einem kurzen Kleid.

»Vermutlich neue Nachbarn«, murmelt meine Mutter und zerrt mich am Arm vom offenen Fenster weg. »Komm weg da, Ivory, bevor ich dich von der Straße kratzen kann.«

Tränen brennen in meinen Augen, weil ihr Griff so fest ist, dass es mir wehtut. Ich lasse vom Fenster ab und sehe ihr zu, wie sie es sich auf dem braunen Sofa bequem macht. Ich weiß, dass Mommy nachher wieder zur Arbeit muss und sich ausruhen will, bevor sie sich mit den Männern trifft. »Geh auf dein Zimmer, Ivory. Mommy muss nachher fit sein.« Sie drückt die Zigarette auf dem Tisch aus, während ich in den Flur schlurfe und vor der Wohnungstür stehen bleibe. Gerade als ich in mein Zimmer gehen will, höre ich zwei Stimmen im Hausflur.

»Nun beeil dich schon, West! Wir haben nicht den ganzen Tag Zeit für deine Trödeleien.« Das muss die Stimme der Frau aus dem blauen Auto sein, sie ist kratzig und klingt alt, genauso alt wie ihr Gesicht aussah.

Der Junge antwortet nicht, und weil ich wissen will, wo die beiden einziehen, öffne ich die Tür einen Spalt und schiele nach draußen.

Die Frau in dem knappen Kleid hat dürre, helle Beine und nur mit Mühe und Not schafft sie es auf unsere Etage. Mein Blick wandert zu der Wohnung gegenüber, die sie jetzt aufschließt. Ich schaue wieder zur Treppe und entdecke den Jungen von der Straße. Er hat dunkles, langes Haar, das schon eine Weile nicht mehr geschnitten wurde, und trägt zwei große Kartons bei sich, die ihm fast aus der Hand rutschen.

Als er an unserer Tür vorbeikommt, sieht er mich durch den Schlitz an, und das erste, was ich tue, ist, mich zu verstecken. Die Schritte verstummen und ich bin mir sicher, dass er immer noch vor der Tür steht und sie ansieht.

»Hey.« Das erste Mal höre ich seine Stimme. Sie ist nett. Langsam schiele ich wieder durch den Spalt zu ihm auf. Seine Augen sind so hell, dass sie einem sofort auffallen. Wie alt er wohl sein mag? Sicher älter als ich. Seine Stimme klingt älter als meine.

»Hey«, kichere ich und verkleinere den Spalt, aber nur so weit, dass ich ihn noch sehen kann. »Wie heißt du?«, frage ich ihn, weil ich vergessen habe, wie die Frau ihn gerade noch genannt hat. Der Junge stellt die Kisten am Boden ab und streicht sich seine verschwitzten Strähnen aus der Stirn.

»West. Und du?« Er ist sicher fünf Jahre älter als ich, so groß, wie er ist. Wieder muss ich kichern, auch wenn ich nicht weiß, wieso. Irgendwie bringt mich dieser West zum Kichern, obwohl er gar nichts macht.

»Ivory«, antworte ich piepsig. Der Junge nickt, runzelt dann die Stirn und nimmt wieder die Kisten hoch. »Dann sind wir jetzt Nachbarn, Ivory.« Und dann dreht er sich um und geht in die Wohnung gegenüber, aus der wieder die kratzige Stimme der Frau ertönt. Einen Moment bleibe ich noch hier stehen und sehe herüber, bis meine Mutter nach mir ruft und ich die Tür leise ins Schloss schiebe. West ... vielleicht kann er ja mein Freund werden.

***

65

Es ist schon spät am Abend, als ich wach liege und an die Decke meines Zimmers starre, an der mittlerweile nur noch wenige Sterne kleben. Die anderen sind alle nach ein paar Tagen abgefallen und wurden nicht wieder festgeklebt, weil meine Mama nie Zeit dafür hatte, wenn sie von der Arbeit kam.

Ich wippe mit den Füßen unter der Decke hin und her und bin kurz davor, einzuschlafen, als ich ein lautes Poltern neben mir höre. Sofort sitze ich im Bett und zittere am ganzen Körper.

»Du Nichtsnutz!« Die Stimme der Frau aus dem Hausflur erkenne ich sofort wieder, und weil ich weiß, dass sie die Wohnung nebenan haben, krabble ich zur Wand und presse mein Ohr dicht gegen sie, um sie zu belauschen.

»Antworte mir gefälligst! Was hast du jetzt wieder angestellt, hm?« Ein neues Poltern jagt mir eine Gänsehaut über den Körper. »Ich habe nichts getan.« West antwortet ihr leise, aber immer noch laut genug, dass ich jedes Wort verstehen kann.

»Nichts getan? Dass ich nicht lache. Moreno hat mich gerade angerufen und mir gesagt, dass er nicht wiederkommt. Deinetwegen! Du nutzloses Stück Scheiße!« Und dann ertönt ein dumpfer Schlag, der mir sofort Tränen in die Augen treibt. Ich kralle mich an meiner Decke fest und halte den Atem an, weil ich Angst habe, mich sonst zu verraten und ihre Wut auf mich zu ziehen.

»Du zerstörst mein Leben immer wieder!« Ein neuer Schlag, dieses Mal gefolgt von einem kurzen Aufschrei. Sie schlägt ihn. Sie muss ihn schlagen! Sofort stehe ich im Bett und renne in Mommys Schlafzimmer.

»Mommy, aufwachen!« Mit diesen Worten rüttle ich an ihr, sie riecht streng und nach Zigaretten. Nach Mommy eben. Murmelnd schlägt sie meine Hand weg. »Hast du mal auf die Uhr geguckt?«

»Mommy, die Frau gegenüber schlägt den Jungen«, sage ich völlig aufgelöst, aber meine Mama rührt sich nicht. »Mommy, sie schlägt ihn!« Doch ihr scheint das egal zu sein. »Hat er wohl verdient. Und jetzt geh zurück in dein Zimmer und schlaf!« Mit diesen Worten dreht sie sich um und Sekunden später schnarcht sie bereits.

Schluchzend verlasse ich das Schlafzimmer und husche zurück in meines, in dem ich mich auf mein Bett werfe und an die Wand robbe.

»West?« Meine Stimme zittert, aber ich rede auch weiter, als mir niemand antwortet. Immerhin hat die Frau aufgehört, zu schreien.

»Ich bin's, Ivory.« Meine Hände liegen auf der kalten Wand. Und als ich für einen Moment ganz still bin, höre ich ein Schluchzen auf der anderen Seite. Weint er etwa? Wieder rinnen mir Tränen über das Gesicht und ich würde am liebsten zu ihm rübergehen, um ihn zu trösten.

»Ich bin für dich da. Meine Mommy schreit mich auch oft an und tut mir weh. Wir schaffen das gemeinsam. Hörst du, West? Gemeinsam schaffen wir alles.«

IVORY

Ein lautes Hämmern reißt mich aus meinem Schlaf, doch anstatt dem Klopfen nachzugehen und aufzustehen, bleibe ich einfach liegen und vergrabe mich tiefer in die Kissen, weil ich alles will, nur nicht aufstehen. Dafür ist das Bett zu weich und meine Glieder zu starr.

»IVORY?« Lianas Stimme durchschallt den ganzen Wohnkomplex, und als ich zaghaft ein Auge öffne und mein neues Apartment sehe, realisiere ich erst, wo ich bin und was gestern alles passiert ist.

Ich erinnere mich wieder an das seltsame Vorstellungsgespräch, an das Tattoo, an den Spaß, den ich mit Liana auf der Tanzfläche hatte ... und letztendlich auch an die Szene mit dem Kunden in der Loge und das Aufeinandertreffen mit West.

Noch immer spüre ich einen Kloß in meinem Hals, wenn ich an ihn denke. Und daran, dass er jetzt mein Boss sein soll und so tut, als würden wir uns nicht einmal kennen. Hat er wirklich vergessen, was wir zusammen in Detroit durchgemacht haben? Allein beim Gedanken an Detroit und mein altes Leben bekomme ich eine Gänsehaut am ganzen Körper, die einfach nicht weichen will, egal, wie stark ich unter der Decke schwitze.

»IVORY, RAUS AUS DEN FEDERN! DEINE SCHICHT FÄNGT GLEICH AN!« Lianas Worte lassen mich nur auflachen. Ich krame mein Handy hervor und entsperre es, um die Uhrzeit zu checken.

»Wirklich witzig, Liana«, murmle ich, doch als ich die Uhrzeit auf meinem Handy sehe, fallen mir die Augen aus dem Kopf und weitere Worte bleiben mir im Hals stecken. Das kann unmöglich sein! Schneller als ich A sagen kann, stehe ich bereits vor der Tür und reiße sie auf. Liana steht topgestylt vor meiner Tür und japst nach Luft, als sie mich in meinem Pyjama sieht. Ungeschminkt. Mit zerzaustem Haar.

»Bitte sag mir, dass du hier drin warst und die Uhren verstellt hast«, jammere ich, aber ein Blick in ihr geschocktes Gesicht genügt. Sie trägt lediglich einen BH und eine schwarze, kurze Lederhose. Das kann nur eins bedeuten: Sie ist bereits im Dienst und meine Uhr hat nicht gelogen.

»Leider nicht, Süße. Du solltest eigentlich in dieser Sekunde unten an der Bar stehen und *Cock*tails mixen.« Ein süffisantes Grinsen huscht über ihr Gesicht und ich breche in Panik aus. Auf keinen Fall kann ich mir so was an meinem ersten Abend leisten. Denn auch, wenn mir der Club immer noch einen Schauer über den Rücken jagt, will ich das Apartment nicht aufgeben, nachdem ich endlich wieder ein eigenes Dach über dem Kopf habe.

»Verdammt, ich kann doch nicht den ganzen Tag geschlafen haben!« Wann hatte ich das letzte Mal eine Nacht, die länger als vier Stunden ging? Es scheint Monate her zu sein und da liegt vermutlich das Problem. Mein Körper hat sich einfach das wiedergeholt, was ich ihm die ganze Zeit verwehrt habe, als ich von einem Motel zum nächsten gehüpft bin.

»Anscheinend schon. Jetzt solltest du dich aber echt beeilen, wenn du keinen neuen Stress mit dem Boss willst. West kann ganz schön sauer werden.« Liana erinnert mich an das Zusammentreffen mit West. Und auch wenn sie nicht weiß, dass wir uns von damals kennen, zieht sie mich mit dem Vorfall in der Loge und das erste Aufeinandertreffen mit West auf, seit ich ihr davon heute Nacht auf dem Weg zur Wohnung erzählt habe.

»Also los. Ab unter die Dusche mit dir!« Sie scheucht mich ins anliegende Bad, in dem ich mich rasch ausziehe und unter das heiße Wasser stelle. Sekunden später bekomme ich Gesellschaft und rutsche fast in der glatten Dusche aus, kann mich aber in letzter Sekunde am schwarzen Vorhang festkrallen, bevor ich mir die Beine breche.

»Gott, Liana! Privatsphäre? Kennst du das?« Ich halte mir den Vorhang vor den Körper, aber als sie auf mich zukommt und ihn von mir wegzieht, bin ich ohnehin machtlos. Also stehe ich jetzt splitterfasernackt vor einer eigentlich Fremden.

»Mach dich locker, ich werde dich in den nächsten Monaten öfter halb nackt sehen, wenn ich dir beim Stylen helfe. Also entspann dich, ich mach schon mal die Lockenwickler heiß.« Sie lässt mich stehen und kramt sich durch die Schränke, bis sie die Heißwickler herausholt und ansteckt. Kopfschüttelnd sehe ich ihr dabei zu, während das heiße Wasser über meine Haut läuft. »Ich dachte, ich habe keine Zeit?«

»Für ein gutes Aussehen haben wir immer Zeit. Und jetzt wasch dich gefälligst und komm raus!« Wie aufgetragen, schäume ich mich ein und stelle erstaunt fest, dass ich mich nach wenigen Augenblicken gar nicht mehr unwohl in ihrer Gegenwart fühle. Vielleicht liegt es daran, dass sie ebenfalls fast nackt ist und sich nichts daraus macht.

Liana reicht mir ein Handtuch und schiebt mich dann auf den Toilettensitz, damit ich mich für sie hinsetzen kann. »Und jetzt lass mich mal an deine Haare ran. Zu zweit geht alles schneller.«

***

Liana ist ein wahres Talent, wenn es darum geht, in kürzester Zeit das meiste aus einem herauszuholen. Schon zwanzig Minuten später stehe ich als neuer Mensch vor ihr. Ich trage ein knappes, silbernes Cocktailkleid mit langen Ärmeln und üppigem Ausschnitt, meine silbernen Haare sind wunderschön gelockt und mein Make-up auffällig. Wenn ich ein Mann wäre, würde ich mich selbst abschleppen wollen.

»Denk dran, ein bisschen was zu zeigen. Du hast was zu bieten, je mehr du zeigst, desto besser ist das Trinkgeld. Das trifft nicht nur auf die *Blacks* und *Reds* zu.« Sie greift unter meine Brüste und zieht das Kleid ein Stück herunter, bis der Ansatz meines BHs hervorblitzt. Zufrieden sieht sie mich an.

»Perfekt. Und jetzt Abmarsch, an die Arbeit! Die Kerle werden sich in den Hintern beißen, weil du tabu bist. Nutz das aus!« Sie gibt mir einen freundschaftlichen Klaps auf den Hintern und schiebt mich dann hinter die Bar. Paris, die mich jetzt ungeduldig ansieht, schnalzt mit der Zunge. »Nächstes Mal bitte pünktlich, klar?« Und mit diesen Worten ist sie an mir vorbeigerauscht, ohne noch etwas zu sagen.

Mein Blick wandert zu Liana, die bloß mit den nackten Schultern zuckt, als wäre dieser zickige Auftritt keine Seltenheit. »Die ist immer so drauf. Ich bin jetzt bei der Arbeit. Wenn was ist, schrei nach mir. Ich liebe es, wie mein Name auf fremden Lippen klingt.« Sie wirft mir einen Luftkuss zu und verschwindet dann mit einem Glatzkopf, der bereits auf sie gewartet haben muss, in eines der Zimmer. Während ich meinen ersten Tag hinter der Bar in Angriff nehme ... Und mich immer noch frage, was ich hier zum Teufel eigentlich tue. Und ob es das Geld wirklich wert ist.

***

Schon zwei Stunden später habe ich die Antwort. Das hier ist es so was von wert! Nachdem ich unzähligen Leuten Drinks ausgegeben und diverse Komplimente von beiden Geschlechtern erhalten habe, drehe ich mich kurz um und ziehe die Scheine aus meinem BH. Flüchtig überfliege ich das Geld und spüre, wie mein Rachen Feuer fängt. Das kann unmöglich wahr sein! Weil ich mir selbst nicht glauben kann, zähle ich ein zweites Mal, komme aber auf dasselbe abnormale Ergebnis. Neunhundertachtzig Dollar. Trinkgeld. Nur für mich.

Wie zur Hölle ist das möglich? Meine Finger fahren über die Geldscheine, die ich fast zerknülle, als mir jemand von hinten auf die Schulter tippt. Sofort stopfe ich meinen momentan kostbarsten Besitz zurück in mein Dekolleté und setze das Barkeeperlächeln auf.

»Bitte?« Mit dieser Frage drehe ich mich zu einem Mann um, der mir für meinen Geschmack etwas zu nah ist. Sein Gesicht ist dürr, beinahe eingefallen, und seine hellblauen Augen funkeln mich abenteuerlustig an. Sein Blick klebt als Nächstes bereits an meinen Titten und er leckt sich über die rissigen Lippen. Alles in allem könnte man meinen, er ist ein Obdachloser. Wäre da nicht der teure Anzug, in dem sein dürrer Körper steckt.

»Du bist neu hier.« Seine Feststellung lässt mir das Blut in den Adern gefrieren. Aus jeder Pore trieft der Ekel aus mir und ich kann mir nicht mal richtig erklären, wieso. Der Kerl hat mir, im Grunde genommen, noch nichts getan, aber seine widerwärtigen Blicke reichen aus. Ich kenne Männer wie ihn, einem davon habe ich gestern in den Schwanz gebissen.

»Und anscheinend bist du nicht gerade redegewandt. Dir wird wohl öfter der Mund gestopft, was?« Ein schmieriges Lachen entflieht ihm, und in mir beginnt es bereits, zu kochen.

»Was kann ich Ihnen bringen?«, frage ich ihn und versuche, es darauf beruhen zu lassen, aber als der Kerl sich über den Tresen beugt und nach meiner Hüfte greift, brennen bei mir die Synapsen durch.

Sofort habe ich seine dünne Hand weggeschlagen und ihm dafür meine ins Gesicht gerammt. Keuchend sieht mich der Schleimbolzen an und verengt die Augen zu Schlitzen. Und während die Musik weiterläuft, habe ich das Gefühl, alle anderen wären erstarrt und sehen mich jetzt mit offenem Mund an. Ehe ich realisieren kann, was ich getan habe, wird an mir gerissen, und als ich aufblicke, sehe ich Fernandez in die braunen Augen.

75

Purer Zorn steht in sein Gesicht geschrieben, als er mich mehr oder weniger gewaltvoll von der Bar wegzerrt und in den hinteren Bereich hievt. »Lass mich los!« Doch der Kerl ist stärker als erwartet und so bin ich machtlos gegen ihn, der mich jetzt weiter wie eine kleine Göre über den Flur zerrt.

»Du denkst wirklich, du hast hier die Zügel in der Hand, was, Kleine?« Sein diabolischer Unterton sagt mir eindeutig, dass ich die Zügel NICHT in der Hand habe.

»Ich bring dich zum Boss, soll der sich um dich kümmern. Auch wenn ich dir viel lieber selbst dein Benehmen austreiben würde.« Ein Raunen direkt an meinem Ohr lässt mich würgen, doch ehe ich einen neuen Fluchtversuch starten kann, stößt Fernandez eine Tür auf und schubst mich in den Raum. Sofort tritt mir ein bekannter Geruch in die Nase, der mich seit gestern Nacht nicht mehr loslässt. Ich öffne flatternd die Lider und entdecke West, der mit ausdrucksloser Miene vor uns am Schreibtisch sitzt und uns ansieht.

»Was hat sie jetzt wieder angestellt?« Seine Frage dient der reinen Information, das weiß ich, aber allein, dass er davon ausgeht, ich hätte Scheiße gebaut, nervt mich.

»Die kleine Kratzbürste hat einem Kunden an der Bar eine gescheuert. Wir sollten uns überlegen, was wir mit ihr machen sollen.« Fernandez' Stimme klingt überheblich, so als hätte er einen verdammten Fall für

West gelöst. West knurrt leise auf und schiebt den Stuhl schwungvoll zurück. Sekunden später steht er vor mir und sieht auf mich hinab. Seine silbernen Augen sehen unverwandt in meine, die Hände seines Handlangers immer noch an meinem Arm.

»Geh, Fernandez. Ich übernehme ab hier.« Bei keinem Wort lässt West mich aus den Augen und ich versuche, den Augenblick zu nutzen, um hinter seine Lügenfassade zu blicken. Um herauszufinden, wieso er so tut, als wären wir einst keine Freunde gewesen.

»Wie bitte?«

»Du sollst gehen!« Sein Ton wird druckvoller, und während mir ein Schauer über den Rücken jagt, nimmt Fernandez die Beine in die Hand und verlässt murmelnd das Büro. Als die Tür ins Schloss fällt und mich ein kalter Windzug streift, fühle ich mich plötzlich nackt.

»Der Kerl hat mich angefasst. Eine *Silver* wird nicht angefasst«, erkläre ich mich und meine Handlung, aber West scheint nicht sonderlich beeindruckt zu sein. Stattdessen bleibt er einfach dicht vor mir stehen und benimmt sich wie eine Statue. Seine Iriden sehen direkt in meine, uns trennen nur wenige Zentimeter voneinander.

Sein Parfum hat den ganzen Raum beschlagnahmt und mein Instinkt will nur eins: dass er mich nach all den Jahren einfach in den Arm nimmt und mir versichert, dass eines Tages alles gut wird. Dass wir eines Tages das Leben haben werden, das wir uns damals gemeinsam ausgemalt haben, als wir es noch nicht besser wussten.

»Du hast nicht verstanden, wie der Laden läuft, Ivory.« Die Art, wie er meinen Namen ausspricht, gefällt mir nicht. »Doch, West. Ich gehöre nicht zu den Tänzerinnen und nicht zu den Nutten. Also bin ich für die Kerle tabu.«

»Wenn du das Gefühl hast, falsch behandelt zu werden, wendest du dich an Fernandez oder mich, anstatt einem Kerl in den Schwanz zu beißen oder ihm eine zu verpassen. Verstanden? Ich weiß nicht, was für ein Spiel du hier spielst, aber wenn du den Job behalten willst, solltest du dich an die Regeln halten.« Ob bewusst oder unbewusst, West ist mir näher gekommen, sodass mich jetzt sein warmer Atem trifft. Früher, als wir noch Kinder waren, habe ich West immer nur als Bruder angesehen.

Jetzt, Jahre später, bekomme ich weiche Knie in seiner Gegenwart. Etwas, das mein Stolz unter keinen Umständen zulassen darf. Ich lege den Kopf schief und suche in seinem starren Gesicht nach dem Jungen, den ich vor Jahren verloren habe.

»Ich weiß, dass du dich an mich erinnerst. Wieso streitest du es ab?« Natürlich weiß ich, dass ich mit meiner Neugier alles nur schlimmer mache, aber ich kann auf keinen Fall hier für ihn arbeiten und dabei so tun, als wären wir Fremde.

»Wieso tust du so, als würdest du mich nicht kennen? Erinnerst du dich nicht an die ganzen Nächte, in denen wir zusammen zerbrochen sind?« Unfreiwillig schleichen sich Tränen in meine Augen, die ich aber schnell wieder unter Kontrolle bringe.

Doch anstatt Wests Schale zu knacken, schnappt er nach meinem Arm und zerrt mich an sich heran. Meine Brust stößt gegen seine, wobei sich einige der Scheine aus meinem BH lösen und zu Boden fallen. West geht darauf nicht ein, stattdessen sieht er mir ins Gesicht. Er ist der einzige Mann in diesem Laden, der mir nicht auf die Titten starrt.

»Ich bin jetzt dein Boss, Ivory. Tu, was ich sage, und hör auf, in der Vergangenheit zu leben.« Auch wenn seine Antwort schmerzhaft ist, stoße ich innerlich einen kleinen Aufschrei aus. Er erinnert sich sehr wohl an mich und hat sich in dieser Sekunde verraten.

»Du hast dich verändert«, stelle ich atemlos fest. »Ich weiß nur nicht, ob ich diese Veränderung mag oder nicht.« Dabei liegt die Antwort auf der Hand: Ich verabscheue es, zu welchem Mann er geworden ist. West war immer einfühlsam. Er war immer für mich da. Und jetzt bekomme ich eine Gänsehaut vor Kälte, wenn er mich so ansieht. West nähert seinen Mund meiner Schläfe und verharrt über meiner Haut.

»Noch ein Fehltritt, und ich schwöre dir, dass du keine Schonfrist mehr hast, Sommersprosse.« Mein Herz hört auf, zu schlagen und ich konzentriere mich voll und ganz auf ihn. Sommersprosse. So hat er mich früher immer genannt ... »Ich werde herausfinden, was passiert ist.« Es soll keine Drohung sein, aber sie kommt wie eine über meine Lippen. Auf keinen Fall werde ich zulassen, dass er mich ohne eine Erklärung abserviert.

»Wirst du das?« Sein linker Mundwinkel zuckt, zieht sich aber nicht nach oben. So schnell wie das Zucken gekommen ist, ist es auch schon wieder vorbei.

»Werde ich«, verspreche ich ihm. West sieht mich ein letztes Mal intensiv an, bevor er mich sanft nach hinten schubst und mit kraftvollen Schritten zu seinem Schreibtisch geht. Nachdem er sich gesetzt hat, deutet er auf den Boden.

»Vergiss dein Trinkgeld nicht. Und jetzt geh an die Arbeit, oder du bist gefeuert.« Von jetzt auf gleich hat sich die Euphorie in meinem Inneren wieder in stille Enttäuschung verwandelt. Eilig hebe ich die Scheine auf, stopfe sie in meinen BH und kehre West den Rücken zu. Meinen wohlbemerkt ziemlich nackten Rücken. Und ich spüre seine Blicke ganz genau auf mir. Jetzt liegt es an mir, herauszufinden, was sie mir sagen wollen ... Eines steht fest: Ich habe West schon einmal geknackt, ein zweites Mal wird ein Kinderspiel für mich. Früher hatte ich nur meine kindliche Naivität. Heute ... heute habe ich die Waffen einer Frau. Er hat vielleicht die Knarre in der Hand, aber ich habe die Kugeln.

IVORY

Sieben Tage und Nächte sind vergangen, seit West und ich das letzte Mal aneinandergeraten sind. Sieben Tage, in denen ich hauptsächlich geschlafen habe, damit ich nachts für den Job fit bin. Sieben Nächte, die mich um dreitausend Dollar bereichert haben.

Wann hatte ich das letzte Mal so viel Geld auf der hohen Kante? Genau genommen noch nie. Bis jetzt habe ich mich immer mit mickrigen Jobs von einem Monat zum anderen gerettet, wobei einer schlimmer als der andere war.

»Du hast heute deinen ersten freien Abend und was machst du? Du kommst trotzdem runter in den Club. Das ist seltsam.« Liana hebt ihre Brauen und stützt sich am Tresen ab. Dieses Mal stehe ich nicht hinter der Bar, sondern sitze auf einem der lederbezogenen Hockern davor und lasse mich von Paris bedienen, die mich immer noch nicht leiden kann, weil ich bei meiner ersten Schicht zu spät dran war.

»Was soll ich sonst tun? Ist ja nicht so, als hätte ich Familie oder Freunde hier.« Zögernd nippe ich an meinem Martini, während Liana mit der gepiercten Zunge schnalzt. Ob die Kerle beim Oralsex auf ihr Piercing stehen?

»Hey, du hast mich! Ok, ich muss noch zwei Stunden arbeiten, aber danach hab ich Zeit. Was hältst du davon? Du gehst ins Apartment, nimmst ein Bad, entspannst dich, und nachher gucken wir einen richtig kitschigen Liebesfilm zusammen und lästern über die Naivität der Püppchen.« Noch bevor ich die Chance zum Antworten habe, ist Liana schon davongestöckelt. Ich gebe mich geschlagen und leere den Martini.

»Danke, Paris.« Sie nickt nur starr und nimmt das Glas an sich, um es zu säubern. Während ich mich auf den Weg zu meinem Apartment mache.

Doch bevor ich den Hof erreiche, kommt mir etwas Besseres in den Sinn. Schon seit ich das erste Mal hier war, interessiert mich der Gang, der nicht auf den Hof, sondern nach rechts führt. Und weil ich gerade keine sonderlich große Lust auf ein Bad habe, mache ich das, was mich viel mehr interessiert. Ich schnüffle für mein Leben gern, und so befinde ich mich auch schon in dem dunklen Gang, in dem es Mucksmäuschenstill ist.

Das Klackern meiner Absätze durchbricht die Stille auf dem Marmorboden, und als ich eine Tür am Ende des Ganges erreiche, drehe ich mich noch einmal um, um sicherzugehen, dass ich allein bin. Sobald ich sicher bin, dass die Luft rein ist, drehe ich den Knauf und stoße innerlich einen Freudenschrei aus, als sie aufspringt. Eine angenehme Wärme empfängt mich im Inneren, und als ich ganz im Raum stehe und die Tür schließe, geht automatisch ein Licht über meinem Kopf an. Erschrocken fahre ich zusammen, und als ich mich in dem Raum umsehe, ist das automatische Licht der kleinste Luxus.

Schwarze Möbel auf schwarzem Boden. Dunkle Statuen auf massiven Kommoden und eine Glasfront, die einem den perfekten Blick auf den Innenhof und den darin beleuchteten Brunnen präsentiert. Gebannt gehe ich durch den Raum, der riesig wirkt, und bleibe an der Fensterscheibe stehen. Meine Aufmerksamkeit klebt an dem massiven Brunnen, der in gesunden Abständen kleine Fontänen in die Luft schleudert und mich sofort in seinem Bann hatte. Wie lange ich hier stehe und staune, kann ich gar nicht genau sagen, aber ich genieße die Ruhe um mich herum, die jetzt enden soll.

»Gefällt dir die Aussicht?« Worte. Gedanken. Sätze. Abrupt fahre ich herum und weiche einige Schritte zurück, als ich West entdecke. Er wirkt gelassen, aber sein Blick … sein Blick könnte mich töten.

»Ja«, antworte ich ehrlich. West hält den Abstand zu mir, und obwohl mir zig Fragen auf der Zunge brennen, halte ich den Mund.

»Was hast du hier zu suchen?« Ich wusste bereits, dass ich mich in seinem Bereich befinden muss, als das Licht anging. Aber das hat mich nicht davon abgehalten, für einen Moment zu vergessen, wo ich bin und dass ich nicht hier sein sollte.

»Ich habe mich verlaufen. Die Tür solltest du künftig abschließen«, schlage ich ihm vor, aber er lacht bloß lieblos auf. »Hast du Angst, dass ich mich nicht allein verteidigen kann?« Seine höhnische Frage macht mich wütender, als ich ihr erlauben will. Ich stapfe zu ihm herüber und baue mich mit meinen fünfzig Kilo vor ihm auf.

»Behandle mich nicht wie eine Göre, West. Ich bin kein kleines Mädchen mehr.« Das erste Mal, seit ich hier für ihn arbeite, wandert sein Blick eine Etage tiefer zu meinem Vorbau. »Das sehe ich. Was willst du hier?«

»Mir gehen die Erinnerungen nicht mehr aus dem Kopf. Die Erinnerungen an früher. Wieso bist du gegangen? Wieso hast du mich im Stich gelassen, obwohl du mir geschworen hast, mich zu beschützen?« Das sind nur wenige der Fragen, die ich stellen will, aber da er ein Mann ist, will ich ihn nicht überfordern.

Das nächste, was ich spüre, ist Wests Hand an meinem Arm, und dann hat er mich so gedreht, dass mein Rücken gegen seine Brust stößt.

Wir stehen gemeinsam am Fenster, ich kann spüren, wie seine Brust sich hebt und senkt und sein Atem meinen Nacken berührt. Gemeinsam starren wir nach draußen und der weiche Stoff seines Anzugs schmiegt sich an meine nackte Haut. »Du weißt, wer ich bin«, flüstere ich, und spüre etwas, das ich nicht spüren sollte. Erregung.

Unwillkürlich presse ich die Beine zusammen und schiebe mich noch dichter an ihn heran. Er riecht immer noch genauso einnehmend wie bei den letzten Begegnungen, die mir den Schlaf geraubt haben. Seine linke Hand liegt an meiner Hüfte, die Seite mit dem Tattoo lässt er frei. Stattdessen liegt seine rechte Hand auf meiner Schulter.

»Vor allem weiß ich, dass du mich auch heute noch zur Weißglut treibst«, knurrt er in mein Haar, und bevor ich nach meinem Verstand handeln kann, habe ich mich noch dichter an ihn geschoben. Der spannende Stoff seiner Hose an meinem Po zeigt mir, dass er nicht immun gegen mich ist, auch wenn er bis jetzt genau so getan hat.

»Damals wie heute«, flüstere ich und schließe die Augen in dem Moment, in dem West seine Lippen auf meine freie Schulter senkt. Seine Lippen sind weich und warm, und als er mit seiner Zungenspitze über sie fährt, stellen sich die Haare an meinen Armen auf. Mein Körper steht unter Strom, genau wie seiner.

»Damals wie heute«, pflichtet West mir bei und dann entflieht mir ein Schrei, als er seine Zähne ins Spiel bringt und mir in die Schulter beißt. Nicht zu fest, aber doch fest genug, damit mich ein kurzer Schmerz durchfährt. »Du solltest nicht hier sein, Ivory.« West lässt von mir ab, sein Atem geht schnell, und als Schritte auf hohen Schuhen hinter uns ertönen, dreht er mich abrupt in seinen Armen um, sodass wir einander ansehen.

Die Stelle, in die er gebissen hat, pocht noch und das Kribbeln zwischen meinen Beinen ist präsenter denn je. Wann war ich das letzte Mal so erregt? Ich erinnere mich nicht mehr daran, dass mich ein Mann je so aus dem Konzept gebracht hat.

»Geh.« Nur ein Wort aus seinem Mund, der mich eben noch berührt hat. Ein Wort, das all den Zauber verfliegen lässt. »Geh, Ivory. Ich habe keinen Platz mehr in meinem Leben für dich.« Wie ein Schlag mit einem Butterfly trifft er mich, und weil ich ihm ansehe, dass er es ernst meint, reiße ich mich von ihm los.

»Du bist ein Monster geworden«, zische ich ihn an und stürme davon, so schnell es meine High Heels zulassen. »Wieso bist du hier?« Seine Frage lässt mich anhalten, aber ich drehe mich nicht mehr zu ihm um, weil er nicht sehen soll, was seine Worte mit mir machen.

»Weil ich das Geld brauche. Weißt du noch? Früher haben wir uns immer ein normales Leben gewünscht«, antworte ich ehrlich. Mein Blick wandert zu dem angrenzenden Flur und zu der Frau, die schmatzend im Türrahmen steht und das Spiel amüsiert beobachtet. Ich habe sie bereits ein, zweimal im Club gesehen und bin mir sicher, dass sie eine Red ist. Und noch sicherer bin ich mir, dass sie hier ist, um mit West zu schlafen. Eine Gänsehaut überläuft mich allein beim Gedanken daran, was passiert, wenn ich die Tür hinter mir schließe.

»Seid ihr dann fertig?«, will sie mit dunkler Stimme wissen. Mein Blick wandert zwischen beiden hin und her. »Sind wir. Viel Spaß mit ihm.« Und dann flüchte ich durch dieselbe Tür, durch die ich gekommen bin, und wünschte mir, ich hätte den Job hier nie angenommen.

WEST

»Was willst du?« Ich stehe immer noch an der Stelle, an der ich Ivory gebeten habe, zu gehen, und starre die Tür an, durch die sie eben verschwunden ist. Ihr Duft hängt noch immer in der Luft und hindert mich daran, klar zu sehen.

»Die Neue und du … ihr scheint euch sehr vertraut zu sein.« Roxana kommt in den Wohnbereich und setzt sich elegant auf die Lehne meines schwarzen Sessels. »Ich meine, ist sie nicht erst seit einer Woche bei uns? Die anderen Frauen hältst du bewusst auf Abstand. Nur sie nicht.«

»Wir kennen uns von früher.« Früher … als alles irgendwie leichter und zur selben Zeit viel schlimmer war. Früher … als sie so etwas wie meine kleine Schwester war, die ich vor allem beschützt hätte. Habe ich sie gerade wirklich auf diese Art und Weise berührt? Was zur Hölle läuft hier schief? Ich spanne meine Glieder an und sehe nach draußen auf den Innenhof. Als hätte ich es geahnt, stürzt Ivory nach draußen und rennt mit gesenktem Kopf über die Pflastersteine hin zu dem Wohnkomplex. »Deine erste große Liebe?«, mutmaßt Roxana, was mich nur auflachen lässt. »Sie war noch ein Kind, als ich sie das letzte Mal gesehen habe.«

»Und doch scheint sie dich ziemlich in der Hand zu haben, hm?« Das Nächste, was ich spüre, sind ihre Hände an meinem Rücken. Roxana knetet über die angespannte Stelle an meinem Nacken, und als ihre Hände Richtung Süden wandern, schnappe ich nach ihren Handgelenken und halte sie auf.

»Was willst du, Roxana? Ich habe dich nicht gebeten, in meine Wohnung einzubrechen«, knurre ich sie an, obwohl ich weiß, dass sie diese Art an mir noch weiter bestärkt. Sie schiebt ihren Körper dicht an meinen.

»Ich brauche mein Kleid wieder. Ein Kunde will es heute Nacht an mir sehen.« Ihre sonst dunkle Stimme klingt süß und unschuldig, aber ich weiß, wie durchtrieben sie in Wirklichkeit ist. Ich schiebe sie bestimmend von mir weg und lasse sie mitten im Raum stehen.

»Wenn ich wiederkomme, bist du weg.« Und dann stürme ich nach draußen und suche einen Weg, meine Gedanken zum Schweigen zu bringen.

IVORY

Weitere zwei Wochen vergehen, ohne dass ich in Wests Nähe gerate. Die Tür, durch die ich in seine Wohnung gekommen bin, ist seit diesem Tag verschlossen.

Mehr als einmal habe ich versucht, ihn aufzusuchen, um die unausgesprochenen Dinge zwischen uns zu klären, aber immer hatte er sich in seinem Büro verschanzt und Fernandez als Türsteher eingesetzt, damit niemand zu ihm konnte, der es nicht sollte. Und eines steht fest: Ich sollte nicht zu ihm kommen, das haben mir die letzten Tage gezeigt.

Mittlerweile habe ich mich hinter der Bar eingearbeitet, vor allem aber habe ich gelernt, meine Klappe zu halten. So, wie West mich behandelt, bin ich mir sicher, dass er seine Drohung sonst ernst macht und mich rausschmeißt, bevor ich genug ansparen konnte, um mir irgendwo die Sonne auf den Arsch scheinen zu lassen. Ich träume von einem normalen Leben, irgendwo abseits des Drecks, in dem ich aufgewachsen bin. Aber ohne Geld werde ich immer nur ein Teil des Sumpfes sein. Also nehme ich die dummen Sprüche der Kerle hin, die mich als ihr Eigentum ansehen. Hin und wieder akzeptiere ich sogar die Hände, die mich *aus Versehen* berühren. Mein einziges Ziel ist es geworden, meinen Job nicht zu gefährden, auch wenn ich schon tausend Pläne im Kopf habe, wie ich West dazu kriegen kann, endlich mit mir zu reden.

Einmal stand ich kurz davor, einem Kunden meinen Absatz ins Auge zu rammen, damit Fernandez mich zu ihm bringt. Aber ich wusste, dass in diesem Fall vermutlich er derjenige gewesen wäre, der mich bestrafen würde, und diesem Schmierlappen traue ich nach wie vor alles zu. Jedes Mal, wenn er mich berührt, sehe ich in seinen Augen, was er alles mit mir machen würde, wenn er die Erlaubnis dazu hätte. Und die wird er – zumindest von mir – niemals bekommen.

Ich binde mir gerade die Haare zu einem Zopf zusammen und richte mein Top, indem ich es nach unten ziehe, als Paris auf mich zustürzt.

»Du musst mir jetzt ganz genau zuhören. Okay?« Seit einigen Tagen ist das Verhältnis zwischen uns nicht mehr ganz so angespannt wie zu Beginn, was aber nicht heißt, dass wir jetzt Freundinnen sind. Wir tolerieren einander, mehr nicht. »Okay?« Paris deutet auf einen Mann, der gerade den Club betreten hat. Er trägt einen langen, schwarzen Mantel und hat das Gesicht so gesenkt, dass man es nicht sehen kann.

»Siehst du den Mann da vorn in dem Mantel?« Ich nicke. »Er wird gleich zu dir an die Bar kommen und keinen Ton sagen. Er spricht nie.« Verwirrt sehe ich zwischen Paris und der Erscheinung hin und her. »Und wieso nicht?«

»Keine Ahnung, das weiß niemand. Mit uns spricht er jedenfalls nicht. Das Einzige, was du tun musst, ist, ihn zum Boss zu bringen.« Allein beim Gedanken an ihn wird mein Herz tonnenschwer und ich muss schlucken. Weil ich weiß, dass es sinnlos wäre, zu hoffen, ihm so wieder näherkommen zu können. »Einfach nur zum Boss bringen? Mehr nicht?«, hake ich nach.

»Genau. Und bitte … tu mir einen Gefallen und starr ihn nicht so an. Das kann er nicht leiden und das könnte schlecht auf dich zurückfallen.« Sie tätschelt meine nackte Schulter unter dem silbernen Crop Top und ist dann verschwunden.

Ich straffe mich, gehe selbstbewusst hinter die Bar und erwarte, dass der Mann an den Tresen tritt. Im Hintergrund kann ich Liana sehen, die in den letzten Abenden immer ausgebucht war und mir nach einem Blick auf den Mann ein aufmunterndes Lächeln zuwirft. Mein Gott, was ist das bloß für ein Kerl, dass alle die Nerven verlieren? In den letzten Jahren habe ich gelernt, mich vor dem männlichen Geschlecht zu verteidigen, mit dem werde ich zur Not auch noch fertig.

Ich nutze die Zeit, bis er sich zu mir bequemt, dafür, die Gläser zu reinigen, die Paris nicht mehr geschafft hat, und als ich das nächste Mal den Blick hebe, sehe ich in beinah schwarze Augen, die mich mustern.

Der Mann steht vor mir und mein erster Instinkt will mich dazu treiben, zurückzuweichen. Aber ich bleibe stehen und versuche, mich nicht auf das Offensichtliche zu konzentrieren. Und das Offensichtliche ist, dass der Mann völlig entstellt ist.

Dicke Vernarbungen zieren sein Gesicht, so, als hätte man ihn mit Säure übergossen. Er starrt mich mit schräg gelegtem Kopf an, und weil ich mich an Paris' Worte zurückerinnere, entkomme ich meiner Trance. *Nicht starren! Nicht starren! Ignoriere einfach, was sein Anblick mit dir macht, Ivory …*

»Sie wollen zu Mr. Cotrell, richtig?«, frage ich ihn und setze die freundlichste Stimme neben dem schönsten Lächeln auf, das ich hinkriege. Der Mann nickt weder, noch sagt er etwas, und plötzlich bricht mir der Angstschweiß aus. An jeder Stelle meines Körpers spüre ich ihn, aber ich bleibe stark und straffe die Schultern, weil ich es satthabe, mich kleinzumachen.

»Dann kommen Sie mit, ich bringe Sie zu ihm.« Mit einem mulmigen Gefühl im Magen winke ich den Mann hinter mir her, der mir mit druckvollen Schritten in den hinteren Bereich folgt. Der Weg zu Wests Büro ist nicht weit, aber heute kommt er mir endlos vor. Hin und wieder schiele ich zu dem Mann mit den Narben herüber, schaue aber schnell wieder weg, wenn er meine Blicke erwidert. Niemand sagt etwas und nur unsere Schritte auf dem Boden geben dumpfe Töne von sich.

Zu meinem Erstaunen steht Fernandez heut keine Schmiere an Wests Büro, und so klopfe ich das erste Mal seit Tagen selbst an seine Tür an.

»Herein.« Es ist nur ein simples Wort. Aber es ist ein Wort aus seinem Mund und somit bringt es meine Knie zum Vibrieren. Sobald ich die Tür geöffnet habe und West mich und den Mann entdeckt, entweicht ihm die Farbe aus dem Gesicht. Seine Augen haften an dem Mann, mich scheint er völlig zu ignorieren. Keiner von beiden sagt etwas, stattdessen liefern sie sich bloß ein Blickduell, das mich völlig irritiert.

Die Spannung zwischen den Männern ist greifbar, ich bin mir sicher, dass man sie mit einem Messer durchtrennen könnte. Ich beobachte beide mit Argusaugen, aber keiner von ihnen scheint mich mehr für voll zu nehmen.

»Okay, ich gehe dann mal zurück an die Arbeit.« Kopfschüttelnd lasse ich die beiden Männer ihren Kampf ausfechten und verlasse das Büro. In den letzten Tagen habe ich mir immer ausgemalt, wie es wäre, ihm wieder gegenüberzustehen, aber das hier hat alle Vorstellungen zunichtegemacht. In meinen Vorstellungen habe ich ihm die Leviten gelesen und ihm eine Ohrfeige verpasst, weil er mich wie eine Aussätzige behandelt. In meinen Vorstellungen ... war alles anders. Gerade, als ich mich wieder gefasst habe, wird hinter mir die Tür aufgerissen und ich drehe mich abrupt zu West um, der sofort auf mich zustürmt. Seine Hände liegen auf meinen nackten Schultern und sein Blick brennt sich in mein Gesicht.

»Geh, Ivory.« Seit er wieder ein Teil meines Lebens ist, hat er noch nicht so flehend geklungen wie in dieser Sekunde auf dem dunklen Flur. Die Schatten haben sein Gesicht eingenommen, nur seine Lippen sind vom Licht des Clubs erleuchtet. Fast bin ich gewillt, mich an ihn zu schmiegen, aber dann erinnere ich mich daran, wie er mich in den letzten Wochen behandelt hat und bleibe standhaft.

»Ich bin doch gerade dabei?« Mit diesen Worten schüttle ich ihn ab, aber West ist hartnäckig und hält mich an der Hüfte zurück. Zu meinem Glück ist das Tattoo bereits soweit abgeheilt, dass es mir keine Schmerzen bereitet.

»Nein, geh. Geh in dein Apartment.« Seine schneidende Stimme trifft mich wie ein Schlag, aber ich schüttle nur entsetzt den Kopf. »Was zum Teufel willst du, West? Lass mich los!« Aber egal, wie sehr ich mich winde, er bleibt einfach hier stehen und hält mich. Immer wieder wirft er panische Blicke hinter sich, die mir langsam wirklich Angst machen. Was zur Hölle geht hier vor sich? Ich schiele an ihm vorbei, aber die Tür zu seinem Büro ist verschlossen. Wir sind allein. Wieso also benimmt er sich, als würde er verfolgt werden? »Was ist los, West?« Nur vage vermute ich, dass es etwas mit dem mysteriösen Mann in seinem Büro auf sich hat, aber er atmet nur gehetzt ein und aus. Dabei vernebelt mich sein Duft wie jedes Mal.

»Hast du mir jemals vertraut?« Seine nächste Frage schleudert mich zurück in eine Zeit, in der ich ihm mein Leben in die Hand gelegt habe. Eine Zeit, in der er mein einziger Halt im freien Fall war. Also nicke ich atemlos, auch wenn sich alles in mir dagegen sträubt, mir das einzugestehen. »Gut. Dann. Geh. Jetzt. In. Dein. Apartment.«

»Aber was ist mit meinem Job?«

»Ich sorge für Ersatz. Hör zu, Ivory.« West legt seine Hand an meine Wange und es ist das zweite Mal, dass er mich so intim berührt und dabei mein Herz Salti schlägt. Seine warmen Fingerspitzen verharren erst auf meiner Haut, streichen dann aber langsam auf und ab.

»Du musst hier verschwinden. Sofort.« Und als er mich voller Panik in seinen Augen ansieht, verstehe ich, wie ernst ihm das hier ist. Ich nicke benommen und taumle zurück, bis ich mich selbst im Rennen wiederfinde und von ihm weglaufe. Immer wieder sehe ich hinter mir zu West, der immer noch reglos dasteht und mir zusieht. Während ich fliehe, ohne überhaupt zu wissen, wovor ich flüchten muss …

WEST

Mein ganzer Körper steht immer noch unter Strom, auch dann noch, als sie längst weg ist. Ich balle die Hände zu Fäusten, fange mich einigermaßen und gehe dann zurück in mein Büro. Zurück zu ihm.

Als ich Ivory in seiner Nähe gesehen habe, sind bei mir alle Sicherungen durchgebrannt und ich habe mich in eine Zeit zurückversetzt gefühlt, in der ich sie vor allem beschützt hätte. Vor jedem Arschloch, das ihr wehtun wollte.

»Ich musste noch etwas klären.« Mit diesen Worten betrete ich mein Büro und entdecke ihn am Fenster. Er steht einfach da und starrt nach draußen, wie jedes Mal, wenn er hier ist.

Und jedes Mal würde ich ihm am liebsten ein Messer in den bulligen Rücken jagen, damit er einfach aus meinem Leben verschwindet, anstatt es in der Hand zu haben. Ich bleibe im Raum stehen und sehe seine Rückansicht an, alles lieber, als in sein Gesicht sehen zu müssen. Als in diese dreckigen dunklen Augen sehen zu müssen, die so viele Menschenleben ruiniert haben. »Was willst du hier, Tristan?« Normalerweise kommt er immer gleich zum Punkt. Entweder geht es um eine Lieferung oder um eine meiner Frauen. Heute kann ich nur hoffen, dass Nummer eins zutrifft. Tristans Schultern beben unter dem Stoff des Mantels, und als er sich zu mir umdreht, liegt ein teuflisches Grinsen auf seinen Lippen, die ebenfalls in Mitleidenschaft gezogen worden sind. Sein Gesicht erinnert mich immer an das, was passiert ist.

»Wer war die Kleine?« Wie erwartet, spricht er mich auf Ivory an, und mein erster Instinkt will ihm ihren Namen aus seinem Mund prügeln. Allein die Vorstellung, dass sie gerade in seinen Gedanken ist, macht mich rasend. Ich kann nur hoffen, dass er nicht weiß, *wer* sie ist.

»Meine neue *Silver*. Also nichts für dich«, antworte ich so desinteressiert, wie ich nur kann. Danach setze ich mich an meinen Schreibtisch, ohne ihn weiter zu beachten. Je weniger ich mich angreifbar zeige, desto besser. Tristan weiß, wie er meine Schwächen gegen mich nutzen kann. Das wusste er schon damals.

»Nichts für mich? Schade. Sie hätte das Potenzial, eine *Red* zu werden, meinst du nicht? Ich bin mir sicher, dass sie den Jahresumsatz deutlich erhöhen könnte. Ich meine, hast du dir mal ihren Körper angesehen? Und diese Haare. Da würden sich sicher viele Kerle drin festkrallen.« Seine Stimme war schon immer kratzig, aber in den letzten Jahren hat sie sich in Schleifpapier verwandelt, weil er die Kippen inhaliert. »Ich habe eine *Silver* gesucht, sie hat einen Job hinter der Bar gebraucht. Ich brauche keine neue *Red*«, murmle ich und versuche, meine Emotionen irgendwie unter Kontrolle zu bringen. Tristan stellt sich vor meinen Schreibtisch und zündet sich eine Zigarette an. Der Rauch steigt in die Luft und die leichte Vanillenote seiner Kippe erfüllt den Raum. Ein Geruch, den ich seinetwegen nicht einmal mehr ertragen kann.

»Man kann nie genug *Reds* haben, das weißt du doch. Außerdem solltest du nicht vergessen, dass du in meiner Schuld stehst. Meine Ansprüche wachsen mit jedem Tag.« Er lacht bitter auf, was meine Magensäure zum Kochen bringt. Ich schließe die Augen und versuche, mich auf das zu konzentrieren, was zählt.

»Mein Club, meine Regeln. Sie bleibt hinter der Bar!« Wie erwartet, leuchten seine hässlichen Augen auf, weil er einen wunden Punkt bei mir getroffen hat, seit er Ivory ins Spiel gezogen hat.

Sie war schon damals meine Schwachstelle und daran hat sich auch nach über zehn Jahren nichts geändert. Zeit heilt vielleicht Wunden, aber nicht alle. Und diese eine ... diese eine ist zu tief. Tristan beugt sich über meinen Tisch und sein ekelhafter Geruch steigt mir in die Nase.

»Erhebst du gerade Anspruch auf die Kleine?«

»Nein, sie ist mir egal. Aber es ist mein Club.« Ich spanne meine Kiefermuskeln an, und je länger er mir so nah ist, desto mehr steigert sich mein Wunsch, ihn einfach auszuschalten. Ihm eine Kugel zwischen die hässlichen Augen zu jagen, damit das Thema ein für alle Mal vom Tisch ist. Aber ich weiß, dass ich dann nie meine Freiheit wiederkriege.

»Du weißt, dass das nicht so einfach ist, West. Hast du immer noch nichts gelernt? Ich sitze am längeren Hebel, seit wir uns kennen.« Und bei der Erinnerung daran, wie wir uns kennengelernt haben, will ich ihm am liebsten vor die Füße kotzen. Langsam erhebe ich mich von meinem Stuhl. »Was willst du von mir?« Lachend quittiert er meine Frage. »Dass ich vor dir auf die Knie falle? Vergiss es. Lieber verrecke ich.«

»Man sollte immer aufpassen, was man sich wünscht, West«, säuselt er, was mir neue Schauer über den Körper jagt. Tristan bemerkt meine Anspannung und lacht laut los, bevor er sich fängt.

»Ich sagte nur, dass mir die Kleine gerade gefallen hat. Entspann dich, Cotrell. Lass uns lieber zum Geschäftlichen kommen, ich habe nicht den ganzen Tag Zeit. Maxim hat die Ware über die Grenze geschafft ...« Und dann entspanne ich mich das erste Mal, seit er hier ist, und hoffe, dass er Ivory ganz schnell wieder aus seinem Kopf streicht ... Bevor er weiß, wem er da gerade gegenüberstand.

IVORY

Alles ist dunkel. Ein ätzender Geruch steigt mir in die Nase und ich winde mich unter dem Griff der Hände, die mich jetzt packen und an sich ziehen.

»So ein schönes Gesicht.« Eine dunkle Stimme aus dem Off bringt mich zum Keuchen. Und als mich die Gestalt ins Licht zerrt und ich in das vernarbte Gesicht des Mannes sehe, wird mir schwindelig.

»Wie es wohl wäre, wenn du auf meine Seite wechselst, hm?« Er fährt mir mit den Fingern durchs Haar und zwirbelt es. Mit der linken Hand packt er immer noch meinen Arm und bohrt seine Nägel in mein Fleisch, sodass ich laut aufschreien muss. Aber niemand hört mich. Niemand außer er. Und ihn scheinen meine Schreie nur noch mehr anzufixen.

»Lass mich los«, flehe ich ihn an. »Wir kennen uns doch gar nicht!« Aber jedes meiner Worte prallt an ihm ab wie ein Ball an einer Mauer.

»Ich muss dich nicht kennen, um zu wissen, wie gut es sich anfühlen würde, in dir zu sein.« Der Kerl vergräbt sein verbeultes Gesicht an meinem Hals und inhaliert meinen Duft. Dabei kann ich jede seiner Narben und Verätzungen an meiner Haut spüren, als würden sie zu mir gehören.

»Du riechst so betörend.« Ein Raunen entflieht ihm, während mir fast schwarz vor Augen wird. »Lass mich gehen«, bitte ich ihn wieder, wohl wissend, dass er mich nicht gehen lassen wird. Seine Blicke aus den schwarzen Augen sprechen Bände. Seine Finger fahren über meinen Körper und plötzlich fühle ich mich paralysiert und kann mich nicht mehr regen, auch wenn ich fliehen müsste.

»Was habe ich dir getan?« Nach Luft japsend versuche ich, meiner Starre zu entkommen, aber ich bin machtlos gegen ihn. Gegen meine Angst. Gegen die Dunkelheit. Gegen seine Präsenz.

»Oh, Süße. Du hast nur mein Leben ruiniert, das ist alles.« Und dann reißt er an meinem Oberteil, sodass ich halb nackt vor ihm stehe und der Stofffetzen zu Boden gleitet. Meine Knie zittern und der Schweiß steht mir auf der Stirn. Ich fühle mich, als würden Flammen meinen Körper umtanzen, bis ich bald genauso entstellt aussehe wie er.

»Aber mach dir keine Sorgen, ich weiß, wie du dich revanchieren kannst.« Und dann presst er mich so stark gegen die Wand, dass ich fast bewusstlos werde, als mein Hinterkopf gegen den Beton stößt. Alles dreht sich, alles tanzt. Alles stirbt.

»Ivory«, säuselt er meinen Namen wollüstig, während ich tiefer in die Dunkelheit zwischen uns falle. »Ivory.« Wieder mein Name. Wieder sinke ich. »Ivory, wach auf!« Und als ich meine Lider ein letztes Mal mit voller Kraft aufschlage, ist das Monster plötzlich weg. Alles dreht sich immer noch und ein schwaches Licht über mir spendet mir Wärme.

»Hey.« Die Stimme des Monsters ist jetzt weicher, wärmer. Schöner. Und sie kommt mir bekannt vor. »Es war nur ein Traum.« Ein Traum? Ich blinzle noch einige Male gegen das Licht an, und als ich in silberne Augen sehe, fühle ich mich plötzlich sicher. Bis ich realisiere, was hier eigentlich passiert. *West ist bei mir.* Moment mal!

Schnell rutsche ich von ihm weg, damit er mich nicht mehr anfassen kann. »Was machst du hier? Wie … wie bist du hier reingekommen?«

Schnell ziehe ich mir die Decke über den halb nackten Oberkörper und versuche, mich an das zu erinnern, was passiert ist, bevor ich eingeschlafen bin. Ich erinnere mich an den Mann aus meinem Traum, an West, der mich angefleht hat, zu fliehen. An die schlaflosen Stunden in meinem Bett, bis ich vor Müdigkeit schließlich doch eingeschlafen sein muss.

»West, wie bist du hier reingekommen?« Er sitzt mit dem Rücken zu mir gewandt auf meiner Bettkante und hat die Arme auf den Knien abgelegt. Er hält etwas in der Hand, das ich von hier aus nicht sehen kann, weil mir sein Körper die Sicht versperrt.

»Rede mit mir!« Ich packe seine Schulter, und als er sich in meine Richtung dreht, sehe ich die schwarze Karte in seinen Händen.

»Du hast eine Schlüsselkarte für meine Wohnung?«, fiepse ich und traue meinen Augen nicht. »Ich habe eine Karte für alle Wohnungen, Ivory. Das ist nur zu eurem Schutz.« Seine Antwort lässt mich nur noch wütender werden. Als würde es nicht reichen, dass er mich bevormundet, nein ... Jetzt hat er sogar noch Zutritt zu meinem Apartment?

»Wieso? Machst du das öfter? Dich bei deinen Frauen in die Wohnung schleichen und sie beim Schlafen beobachten?« Hohn liegt in meiner Stimme, der vergeht, als West mich mit vernichtenden Blicken mustert.

»Ich benutze die Karten nie.«

»Bis jetzt, meinst du?« Ich schüttle immer noch benommen den Kopf und reibe mir die angespannten Schläfen.

»Geh einfach, West. Ich habe keine Lust auf deine Spielchen. Ich habe verstanden, dass du gern so tust, als würdest du mich nicht kennen, und ich will einfach nur allein sein.« Mit diesen Worten schlage ich die Decke zurück und stehe vom Bett auf.

Dass ich lediglich Unterwäsche trage, ist mir egal, ich will einfach nur, dass er mich allein lässt und ich meine Gedanken sortieren kann.

»Die Männer im Club können penetrant sein, Ivory. Früher war es keine Seltenheit, dass es Kunden geschafft haben, in die Wohnungen der Frauen zu kommen. Die Ersatzkarten sind für eure Sicherheit«, knurrt er mich an und steht auf. Sein Blick wandert zu mir, und als er mich halb nackt vor sich stehen sieht, verdunkelt sich sein Blick. Doch auch, wenn ich mich unter der Intensität seiner Augen verschließen will, bleibe ich standhaft. Es ist seltsam, so freizügig vor ihm zu stehen, immerhin kennen wir uns nur als Kinder.

»Muss ich dich daran erinnern, dass ich nicht in Gefahr war? Du kannst nicht einfach hier reinkommen und dich an mein Bett setzen, wenn du mich sonst immer von dir stößt!« Meine Emotionen kochen über und ehe ich mich stoppen kann, bin ich bei ihm. Ich lege meine Hände auf seine Brust und versuche, ihn fortzuschieben, aber er bleibt standhaft und rührt sich keinen Zentimeter. Egal, wie kraftvoll ich zustoße.

»Ich wollte wissen, ob es dir gut geht. Du hast keine Ahnung, in welcher Gefahr du eigentlich bist.« Man hört ihm an, dass er seine Sorgen ernst meint, aber das macht mich nur noch wütender. Meine Hände liegen immer noch auf seiner Brust, die sich schlagartig hebt und senkt.

»Du willst mich also beschützen? Man beschützt nur Menschen, die einem etwas bedeuten, West. Bedeute ich dir noch etwas? Hast du doch nicht vergessen, dass du mich im Stich gelassen hast, als ich dich gebraucht hätte? Dass du dich einfach verpisst hast, ohne mir zu erklären, warum?« Tränen laufen über meine Wangen, weil ich zurück an eine Zeit denken muss, in der ich mich jede Nacht in den Schlaf geweint habe. Weil er einfach fortgegangen ist, ohne es für nötig gehalten zu haben, sich von mir zu verabschieden. West war eine lange Zeit mein Halt, bis er zu meinem Untergang wurde.

»Du hast keine Ahnung, was ich für dich durchgestanden habe, Ivory. Tu nicht so, als wärst du das Opfer«, zischt er mich an und greift jetzt nach meinen Händen. Ist sein Griff anfangs stark, wird er mit jedem Blinzeln weicher, bis meine Hände in seinen liegen. Er sieht müde aus, starke Schatten liegen unter seinen Augen und man sieht ihm an, wie fertig er ist.

»Du hast mich also doch nicht vergessen, hm?«, frage ich ihn, obwohl ich die Antwort bereits kenne. West scannt mein Gesicht ab und schüttelt mit geschürzten Lippen und Falten auf der Stirn den Kopf.

»Wie könnte man jemanden wie dich vergessen?« Jegliche Härte ist aus seinem Gesicht gewichen, stattdessen liegt Ehrlichkeit in seinem Blick. Mein Herz beginnt, zu rasen und die Züge in meinem Gesicht weichen auf.

Ich will ihm meine Faust ins Gesicht rammen, weil er mich im Dunkeln tappen lässt, aber ich kann nicht. Ich kann nur hier vor ihm stehen und mich in seiner Nähe sicher fühlen. Mein Körper will, dass er geht, aber mein Herz will, dass er bei mir bleibt und mir alles erklärt. »Wieso bist du dann so zu mir? Nach allem, was wir damals durchgemacht haben … wieso hast du dich so verändert?« Ein Kloß versperrt meinen Hals, aber zumindest haben die Tränen aufgehört, über mein Gesicht zu laufen. Stattdessen inhaliere ich alles an ihm. Seinen Duft. Seine Berührung. Seinen Atem auf meiner Haut.

»Wie soll man einem Engel gerecht werden, wenn man nur die Hölle kennt?« Seine Frage sorgt dafür, dass es in meiner Brust eng wird. Bis jetzt war sein Gesicht ein Pokerface, aber in dieser Sekunde sehe ich Schmerzen in seinem Blick auflodern, die ich früher so oft in seinen Augen sehen musste. Und es bringt mich auch nach Jahren der Trennung noch um, ihn leiden zu sehen. Ich kenne diese Blicke. Immer, wenn seine Mutter ihn geschlagen hat, war da dieser Ausdruck auf seinem Gesicht.

»Was ist dir passiert, West?« Ich rutsche dichter an ihn heran und lege meine Hand an seine kalte Wange. Seine Hände hängen mittlerweile leblos an seinen Seiten herab, während ich die Nähe suche, die er seit meinem ersten Tag hier zu meiden versucht.

»Sag mir, wie es in der Hölle war«, flehe ich ihn an, aber er antwortet nicht. Einen Moment lang ist es einfach nur still zwischen uns. Niemand regt sich, niemand sagt etwas. Und dann tue ich etwas, das ich nicht tun sollte. Ich stelle mich auf die nackten

Zehenspitzen und lege meine Lippen auf seine. Erst zaghaft, dann energischer. Und als West in meine Mundhöhle knurrt und mich druckvoll an sich zieht, ist jegliche Vernunft gewichen.

Ich springe hoch und klammere mich mit den Beinen an seinen Hüften fest. West gibt meinem Rücken Halt, und als wir gemeinsam hinter uns aufs Bett sinken und eins mit der Matratze werden, schalte ich einfach alle Gedanken aus. Alle Gedanken, die mich anschreien, einen Fehler zu machen.

West schiebt sein Bein zwischen meine Schenkel, und als sein Knie auf das dünne Höschen trifft, keuche ich in seinen Mund.

»West«, murmle ich erregt und fühle mich wie ein Teenie, der das erste Mal einem Mann so nahe kommt. Und in gewisser Hinsicht ist das hier wie ein erstes Mal für mich ... immerhin habe ich auch nach Jahren noch das Gefühl, ihn zu kennen. Und doch waren wir damals Kinder. Er war mein großer Bruder. Was hat sich verändert? Alles. Alles hat sich verändert.

»Wir sollten das nicht tun«, keucht West, der sich widerwillig von meinen Lippen löst. Seine Hände hat er neben mir abgestützt, sein Gesicht schwebt über meinem und seine Haare hängen ihm wirr in die Stirn.

»Du hättest mich nicht verlassen sollen und trotzdem hast du es getan«, kontere ich und treffe einen wunden Punkt. Einen Moment lang sagt keiner etwas und doch sprechen unsere Körper miteinander. Seine linke Hand wandert zu meinem Gesicht, wo sie letztendlich verharrt. »Ich weiß.« Schuld liegt in seinen silbernen Augen, die mich unverwandt ansehen. »Und du hättest nicht herkommen sollen und trotzdem bist du hier«, antwortet er mit dunkler Stimme, die meine Sinne noch mehr vernebelt.

Und weil ich es satthabe, immer auf meine Vernunft zu hören, ziehe ich West zu mir hinab und küsse ihn. Seine spitzen Zähne nehmen meine Unterlippe für sich ein, und als er sanft hineinbeißt, beuge ich meinen Rücken durch.

»Bitte schick mich weg, Ivory.« Sein Atem geht schnell und hart, genau wie meiner. Aber alles, was ich tun kann, ist, den Kopf zu schütteln.

»Ich kann nicht.« Und das ist die Wahrheit. »Ich habe dich gerade erst wiedergefunden«, setze ich noch hinterher. Ich lege meine Hände auf seine Brust und schiebe ihn von mir herunter, um mich danach auf seinen Schoß zu setzen.

Flammend brennen sich seine Blicke in meine nackte Haut, als ich langsam unter die Träger meines BHs greife und sie nach unten streife. Mit einem Griff habe ich den BH vorn geöffnet und fallen lassen, sodass ich nur noch mein Höschen trage. Es sollte seltsam sein, vor ihm so nackt zu sein, stattdessen fühle ich mich einfach nur … lebendig. »Ivory«, mahnt West mich, aber ich lege ihm nur meinen Finger vor die geöffneten Lippen und schließe sie wieder. »Du hast das Anrecht, mir sagen zu können, was ich tun soll, vor Jahren verloren.« West schluckt meine Antwort, auch wenn ich weiß, dass er gern etwas erwidern würde. Und dann nehme ich seine Hände, platziere sie auf meinem brennenden Körper, und leite meinen Untergang ein.

***

»Du hast mich immer noch in der Hand.« Sein Murmeln trifft auf meine Schläfe, während mein Herz immer noch rast. Ich würde lügen, wenn ich sage, dass ich nicht viele Männer an meiner Seite hatte, die mich nicht zu schätzen wussten. Aber mit keinem war es so … real wie mit West.

Wir liegen gemeinsam auf meinem Bett unter der Decke, während ich mich an ihn schmiege und Kreise mit dem Finger über seinen nackten Oberkörper ziehe.

»Touché.« Seine Antwort lässt mich das erste Mal an diesem Abend lachen. Ich stütze mich mit den Ellbogen ab und sehe ihn an.

»Wer war dieser Mann vorhin?« Noch jetzt überziehen Schauer meinen Körper, wenn ich an ihn und meinen Traum denke. Die Art, wie er mich gemustert hat …

»Willst du das wirklich wissen?« Ich lasse mich zurück nach unten sinken und kuschle mich in seine warmen Arme.

Bis eben war ich noch hellwach, doch jetzt, mit ihm in der Dunkelheit meines Schlafzimmers, werde ich plötzlich hundemüde. Als wäre seine Nähe wie ein K.-o.-Mittel, das er mir direkt in die Venen injiziert.

»Ja …«

»Ich habe dir doch erzählt, dass ich nur die Hölle kenne«, sagt West teilnahmslos. Seine Finger streichen über meine Haut und mit jeder Berührung werde ich müder und falle tiefer.

»Der Mann vorhin war der Teufel.« Und ehe ich noch etwas erwidern kann, schlafe ich plötzlich ein. In den Armen des Mannes, der damals mein Leben gerettet und es kurze Zeit später zerstört hat. Etwas sagt mir, dass sich die Geschichte von damals in der Gegenwart wiederholen wird …

***

Als ich mitten in der Nacht wach werde, zittere ich am ganzen Körper. Die Wärme, die mich in den Schlaf gewogen hat, ist verschwunden. Meine Hände tasten nach West, aber da, wo er lag, ist jetzt nur Leere. West ist weg … und ich bin alleine in einem Raum voller tausend Erinnerungen und Fragen. Wer war dieser Mann und wieso dachte West, dass er mich beschützen muss?

WEST

Zwei Abende, nachdem Tristan in meinem Club aufgetaucht ist und ein Auge auf Ivory geworfen hat, kreisen meine Gedanken nur um eine Sache. Wie ich es schaffen soll, sie von ihm fernzuhalten, ohne, dass er Verdacht schöpft, *wer* sie ist. Ich verschanze mich die meiste Zeit in meinem Büro und genieße die Zeit für mich allein.

Nur heute nicht.

Heute habe ich das Gefühl, dass mich ständig jemand bei der Arbeit stört. So auch jetzt, um kurz vor Mitternacht, als es leise anklopft. Sekunden später steht Liana, eine meiner *Reds*, vor mir und schließt leise die Tür hinter sich.

»Müsste im Club nicht gerade Rushhour sein?« Ja, auch in unserem Club gibt es diese eine Stunde, nur, dass sie bei uns deutlich später beginnt als in üblichen Bars, weil sich die meisten Männer erst her trauen, wenn ihre Frauen und Kinder im Bett sind.

»Schon, ja.«

»Und was machst du dann hier?« Ich schiebe mit den Fingerknöcheln den Aschenbecher von mir weg und sehe Liana erwartungsvoll an. Sie gehört neben Roxana zu den einzigen Frauen, mit denen ich ein privates Verhältnis pflege.

»Es geht um Ivory«, sagt Liana und sieht mich dabei ganz genau an, als wüsste sie, dass sie damit einen wunden Punkt bei mir trifft. Siegessicher kommt sie auf meinen Schreibtisch zu und beugt sich über ihn, wobei sie mir ihre gemachten Titten ins Gesicht hält. Aber wen interessiert das schon?

»Es stimmt also. Du kennst sie«, ertappt sie mich. »Aber woher?«

»Liana«, knurre ich und hole eine Zigarette aus der Schachtel, die ich durch meine Finger tanzen lasse. »Komm auf den Punkt und geh dann an deine Arbeit.« Sie arbeitet schon seit sechs Jahren für mich und somit lässt sie sich durch mich zu meinem Bedauern nicht mehr einschüchtern.

»Du magst sie.« Ihre Feststellung quittiere ich lediglich mit einem Zusammenziehen meiner Brauen. »Liana …«

»Okay, ist ja schon gut. Ich kenne sie noch nicht sonderlich lange, aber ich weiß, dass sie etwas bedrückt. Und ich weiß auch, dass es etwas mit dir zu tun hat. Aber noch beängstigender als eure seltsame Verbindung zueinander, finde ich, dass sie von Tristan träumt.« Sobald sie seinen grässlichen Namen in ihren hübschen Mund nimmt, zerbrösle ich die Zigarette in meiner linken Hand mit den Fingern. Der Tabak verteilt sich auf dem Schreibtisch.

»Woher kennt sie seinen Namen?« Alarmglocken schrillen in mir auf, die Liana kurze Zeit später wieder ausknipst. »Kennt sie nicht. Aber ihre Beschreibungen treffen genau auf ihn zu. Also, woher kennt sie ihn?« Liana platziert ihren Hintern auf meinem Tisch und wartet meine Erklärung ab.

»Sie arbeitet hinter der Bar, Liana. Natürlich begegnet sie ihm«, spiele ich es herunter. Dabei weiß sie nicht einmal, welche Gefahr er für sie darstellt. Wenn sie wüsste, was ich weiß …

»Was genau willst du von mir hören, Liana? Ich habe nicht den ganzen Tag Zeit für deine albernen Fragen.« Sie legt den Kopf schief.

»Dieser Kerl hat mir schon einige meiner besten Freundinnen genommen und das weißt du. Ich mag Ivory, vielleicht nicht auf dieselbe Art wie du, aber sie liegt mir am Herzen. Wenn er ein Auge auf sie geworfen hat, sagst du mir doch Bescheid, oder?« Plötzlich wirkt sie angespannter denn je, und ich frage mich, wie viel ich ihr anvertrauen kann.

»Er hat noch nichts in diese Richtung geäußert«, lüge ich. Doch Liana kennt mich gut genug, um mir meine Show nicht abzukaufen und schnappt nach Luft. Sekunden später greift ihre Hand nach meinem Handgelenk.

»Er will sie«, japst sie und ist bereits den Tränen nah. »West, du weißt, wie es für sie enden würde, oder? Du weißt, wie er mit seinen Frauen umgeht. Sie würde als menschlicher Lattenrost enden, we-«

»Natürlich weiß ich das!«, unterbreche ich sie und stehe ihr mittlerweile gegenüber. Der Stuhl rauscht hinter mir gegen das Fenster, unter dessen Krach sie zusammenzuckt. »Glaubst du, ich werde sie ihm einfach überlassen?« Meine Frage sollte kraftvoller herüberkommen, aber allein der Gedanke daran, dass alles in meinem Leben umsonst gewesen sein könnte, bringt mich um den Verstand. Liana atmet schwer.

»Wäre nicht das erste Mal.« Und mit diesen Worten dreht sie sich schwungvoll um und stürmt zur Tür. Ihr Blick klebt auf dem Boden, ihr Körper steht unter Strom. »Ich weiß nicht, was euch miteinander verbindet und woher ihr euch kennt, West. Aber wenn Ivory dir wirklich etwas bedeutet, dann musst du auf sie achtgeben.« Wenige Augenblicke später fällt die Tür ins Schloss und ich lasse mich erschöpft zurück auf den Stuhl fallen. Liana hat recht … aber wie soll ich sie voneinander fernhalten, ohne Ivory zu verraten, mit wem sie es zu tun hat?

IVORY

Vergangenheit

»Hey!« Es ist schon fast dunkel draußen, als ich mich auf den Mülleimer stelle, um aufs Fensterbrett zu krabbeln und der Stimme zu folgen, die mich ruft. Meine Hand greift nach dem Fenster und dann öffne ich es. Kalte Luft läuft ins Zimmer und ich friere in meinem Pyjama.

»Hey«, ertönt es wieder vom Fenster nebenan. Ob das der Junge ist? Sobald ich auf dem Fensterbrett sitze und nach draußen schiele, kann ich ihn sehen. Er beugt sich aus seinem Fenster und sieht mich an. Es sind schon einige Tage vergangen, seit er und seine Mutter hier eingezogen sind. Seine Mutter, die ich ganz oft schreien höre. Seine Mutter, die ich nicht leiden kann!

»Hey«, antworte ich etwas schüchtern und schiele nur zu ihm herüber. Als ich ihn das nächste Mal ansehe, sitzt er der Länge nach auf dem Fensterbrett, neben ihm geht es weit runter auf die Straße.

»Hast du gar keine Angst, zu fallen?«, frage ich voller Ehrfurcht, aber der Junge winkt nur mit der Hand ab. »Quatsch.«

Ich muss grinsen, weil er so mutig ist. Mit letzter Kraft versuche ich ebenfalls, mich auf die Bank zu setzen, aber als ich nach unten sehe, wird mir ganz schwindelig.

»Du musst nicht da oben sitzen. Ich wollte nur mit dir reden.« West kramt in seiner Jeanstasche und holt dann eine Zigarette heraus, die er sich anzündet. »Meine Mama raucht dieselben«, stelle ich kichernd fest. »Aber bist du nicht viel zu jung dafür? Meine Mama sagt immer, man darf erst rauchen, wenn man vierzehn ist.« Innerlich versuche ich, auszurechnen, wie lange es dauert, bis ich vierzehn bin. West zuckt nur mit den Schultern.

»Ich bin erst zwölf, aber meiner Mutter ist egal, was ich mache.« Als er seine Mutter erwähnt, diese Hexe, wird mir ganz übel. In den letzten Tagen habe ich sie so oft schreien hören. Und ihn weinen …

»Wie alt bist du, Sommersprosse?« Er deutet auf mich und zieht dann wieder an seiner Zigarette. Sein Spitzname für mich macht mich glücklich, weil ich noch nie einen hatte. Ich krabble vom Fensterbrett herunter, bleibe aber auf dem Mülleimer stehen, sodass ich West ansehen kann. »Sieben erst«, antworte ich und komme zu dem Ergebnis, dass West somit fünf Jahre älter als ich ist. Er grinst mich an, aber er sieht so traurig dabei aus, dass es auch mich traurig macht. Einen Moment sagen wir nichts. Ich sehe immer wieder zur Tür, aus Angst, Mommy könnte ins Zimmer kommen und mich von meinem neuen Freund wegholen. Ich habe keine Freunde. Keinen außer den Jungen auf der Fensterbank neben meinem Zimmer.

»Ich habe dich vorhin weinen hören. Was ist los?« West schnipst die Zigarette nach draußen in die Tiefe, während sich in meinen Augen Tränen sammeln.

»Ach, nichts.« *Er hat gesagt, dass ich den Mund halten soll. Er hat gesagt, dass er mir wehtut, wenn ich jemandem etwas sage.* Also kann ich West nicht sagen, was mich so traurig macht.

»Nichts«, wiederholt er meine Worte. Ein lautes Poltern von nebenan lässt uns beide zusammenzucken, und als ich ihn das nächste Mal ansehe, steht Panik in seinen Augen.

»Hör zu. Ich muss jetzt weg. Aber vielleicht willst du mir ja morgen erzählen, was dich so traurig macht. Okay?« Ein Lächeln von ihm lässt mein Herz hüpfen und die Tränen in meinen Augen sind plötzlich weg. Wo sind sie nur so schnell hin?

»Okay.« Wir grinsen uns an, und dann hüpft West von der Bank. Während er das Fenster schließt, bleibe ich einfach hier stehen und sehe nach draußen. Sehe den Mond an und grinse vor mich hin, weil ich endlich einen Freund habe. Auch wenn ich ihm morgen nicht erzählen kann, was mich traurig macht.

IVORY

»Und du bist jetzt in New York, hm?« Ihre Stimme klang damals schon rauchig, aber jetzt klingt sie fast wie die eines Mannes. »Ja.«

»Und was erhoffst du dir davon? Als wäre der Sumpf in New York ein besserer als der hier.« Sie atmet heftig. »Deinen Körper hättest auch bei mir verkaufen können. Mein Chef hätte viel Geld für dich gezahlt. Geld, das uns beiden den Arsch gerettet hätte.« Tausend Worte liegen auf meiner Zunge, aber keines davon kriege ich heraus, weil ich einfach nicht fassen kann, dass sie das gerade wirklich laut gesagt hat.

»Ich verkaufe meinen Körper nicht«, berichtige ich sie und versuche, gelassen zu bleiben, was mir, in Anbetracht ihrer Worte, wirklich schwerfällt.

»Schon klar«, murmelt sie und hustet Sekunden später heftig in die Leitung, sodass ich das Handy von meinem Ohr weghalten muss, wenn ich nicht will, dass mein Trommelfell platzt.

»Was willst du, Mom? Hast du wirklich nur angerufen, um mir zu sagen, dass ich mich für dich prostituieren soll?« Das Verhältnis zu meiner Mutter war schon immer speziell, und das hier ist der erste Kontakt zwischen uns, seit ich vor vier Wochen beschloss, nach New York zu gehen. Bis jetzt wusste ich nicht einmal, ob sie noch lebt … Und egal, wie oft ich sie schon von ihrem Job wegbringen wollte, habe ich es nie geschafft. Irgendwann gibt selbst der stärkste Löwe auf.

»Ich wollte wissen, wann du zurückkommst.«

»Gar nicht.« Hat sie das immer noch nicht verstanden?

»Als ob. Du hältst es doch nie irgendwo aus. Weder bei Steve noch bei Ricardo bist du geblieben. Obwohl sie dich versorgen konnten.«

Nur meine Mutter kann es mir zum Vorwurf machen, dass ich die Männer, die mich immer wie den letzten Dreck behandelt haben, verlassen habe. Um mich innerlich abzulenken, setze ich mich an meinen Schminktisch und mache mich für den Abend hinter der Bar fertig. Auch wenn meine Schicht erst in drei Stunden beginnt, will ich mich einfach irgendwie beschäftigen.

»Wie auch immer. Wenn du zurückkommst, weißt du, wo du NICHT ankommen brauchst.« Meine Mutter wird wütend, immer, wenn sie nicht genug Stoff zur Hand hat, und ich weiß, dass sie kein Geld hat, um ihn sich zu besorgen. Nicht in den Mengen, die sie mittlerweile braucht. »Ich bleibe in New York. Find dich damit ab.« Und dann feuere ich das Handy mit voller Wucht auf den Schminktisch.

Flecken haben sich in mein Gesicht geschlichen, wie jedes Mal, wenn ich wütend werde, also schnappe ich mir schnell meinen Pinsel und trage die Foundation großzügig auf meinem Gesicht auf, damit nichts mehr an das Telefonat mit meiner Mutter erinnert.

Wie kann sie es immer noch wagen, mich zu bevormunden? Meine Wimpern ziehe ich mithilfe des Mascaras, den Liana mir gegeben hat, in die Länge, und zum Abschluss trage ich einen beerenfarbenen Lippenstift auf. Nachdem ich alles mit einem Puder fixiert habe, verstaue ich die Kosmetik im Schubfach und knalle es zu.

Es klopft an der Tür, gerade, als ich ahnungslos vor meinem Schrank stehe und nach einem Outfit Ausschau halte, das zu meinem Make-up passt. Da das Klopfen nicht nachlässt, öffne ich die Tür und fühle mich wie im falschen Film gefangen, als Liana mit einem großen, roten Rollkoffer in meine Wohnung stolziert, ohne mich eines Blickes zu würdigen oder mich zu begrüßen.

»Auch schön, dich zu sehen«, höhne ich und sehe ihr geschockt dabei zu, wie sie an meinen Kleiderschrank geht, den Koffer am Boden ablegt, öffnet, und wahllos Sachen hineinstopft. *Meine* Sachen!

»Liana?« Perplex gehe ich zu ihr herüber, aber sie steht völlig unter Strom, ohne mich auch nur anzusehen. Also schlage ich den Koffer direkt vor ihrer Nase zu, sodass sie mir zuhören muss.

»Liana, was zur Hölle tust du hier?« Böse Vorahnungen durchzucken mich. Wieso sollte sie meinen Schrank leer räumen? Es gibt nur eine Erklärung, und die will ich nicht mal laut denken.

»Scheiße, Liana, wirfst du mich gerade raus?« Ich stolpere zurück, und als ihr Blick nicht aufklart, brechen viele kleine Steine von meiner Mauer ab, mit der ich mich emotional abschirmen wollte. »Das ist nicht sein Ernst.« Ich packe Liana bei der Schulter und ziehe sie hoch.

»Sag mir nicht, dass er zu feige ist, mich selbst zu kündigen!« Seit er mitten in der Nacht vor meinem Bett saß, ist erst eine weitere Nacht vergangen, aber seitdem habe ich von West wieder einmal nichts gehört. Es ist, als würde er mit mir spielen, indem er seine Gefühle wie mit einem Schalter hin und her switcht.

»Hey. Beruhige dich. Okay?« Liana seufzt laut auf und lässt dann eines meiner neuen Tops auf den Koffer fallen.

»Beruhigen? Ich soll mich beruhigen? Du stürmst in mein Apartment, in das ich mich gerade erst einigermaßen eingelebt habe, packst meine Sachen, und ich soll mich beruhigen? Ich brauche den Job!«

Letztendlich klinge ich doch mehr flehend als wütend, was sicherlich nicht meine Absicht war, immerhin kann ich mir vom Mitleid der Menschen nichts kaufen.

»West will dich nicht kündigen. Wie kommst du auf so einen Unsinn, Ivory?« Lianas Stimme schießt hoch und ich verberge meine Verwirrtheit gar nicht erst, weil sie mich eh durchschaut.

»Was will er denn dann?« Definitiv nicht mich. Würde ihm etwas an mir liegen, hätte er mir längst erklärt, was es damit alles auf sich hat. Er hätte mir von Anfang an reinen Wein eingeschenkt. Und vor allem hätte er nicht mit mir geschlafen, um sich dann aus meiner Wohnung zu schleichen wie ein Schwerverbrecher.

»Du wirst in den nächsten Tagen erst einmal nicht mehr arbeiten können. Das ist alles nur zu deiner Sicherheit.« Liana packt jetzt einfach unbeirrt weiter, während ich am Boden festwachse. Und erst, als sie an mir vorbei ins Badezimmer gehen will, halte ich sie auf.

»Moooment. Was zur Hölle meinst du? Bin ich denn hier nicht in Sicherheit?« Das ungute Gefühl, das mich seit zwei Tagen nicht loslässt, keimt wieder in voller Blüte auf. Seit ich diesem Mann begegnet bin, kriege ich kaum ein Auge zu, ohne in Panik oder Albträume auszubrechen, dabei hat er mir nicht einmal etwas getan.

»Hör zu.« Sie legt ihre Hände auf meine Schultern und fährt mit dem Finger über meine Wange. »Du bist schön, Ivory. Viel zu schön für viel zu viele Männer in diesem Club. Du stichst heraus. Und … vertrau mir einfach, dass ich dir nur Gutes will.« Die Augen des Mannes mit den Narben leuchten vor mir auf und sofort ist mir zum Erzittern kalt.

»Es geht um diesen Mann, oder? Um den Mann mit dem entstellten Gesicht. Was ist mit ihm?« Dass ich ins Schwarze treffe, sehe ich in ihren schönen Augen, die sich augenblicklich verhängen. »Ich kann dir nicht mehr sagen, Ivory. Ich kann dir nur sagen, dass du in den nächsten Wochen nicht hier wohnen solltest.«

Während sich alles um mich herum wie im Karussell dreht, geht sie mit gesenktem Blick ins Badezimmer, wo sie wieder wahllos Artikel in eine kleine Tasche packt, die unter der Spüle lag, und diese anschließend im Koffer verstaut. Danach zieht sie den Griff heraus und packt mich bei der Hand. Unfähig, mich zu wehren, folge ich ihr in den Flur. Dabei bin ich sonst wirklich kein Mensch, der sich von A nach B schubsen lässt.

»Hör mal – ich kann gut auf mich alleine aufpassen. Das musste ich schließlich jahrelang.« *Weil West mich verlassen hat. Weil er seine Versprechen gebrochen hat.* Liana zieht die Tür hinter uns zu und geht dann weiter.

»Gegen manche Menschen sind wir einfach machtlos.« Mehr sagt sie nicht, stattdessen packt sie mich wieder am Arm und führt mich aus dem Komplex heraus. Doch anstatt über den Hof den Club zu betreten, gehen wir in eine andere Richtung. Es ist schon dunkel draußen, der Laden muss bereits boomen, und eine Gänsehaut überläuft mich, als mich kleine Tropfen des Springbrunnens an den Armen treffen.

Meine Befürchtung wird schließlich wahr, als Liana eine Tür ansteuert, die ich lieber meiden würde. Seine Tür. Jetzt bin ich es, die Liana am Handgelenk zurückhält, bevor sie die Pforte öffnen kann.

»Ich will nicht zu ihm.« Mir ist herzlich egal, dass ich wie eine rotzfreche Göre klinge, aber was zur Hölle hecken die beiden hier aus? Liana, die heute zum ersten Mal ziemlich bedeckt angezogen ist, dreht sich genervt zu mir um. Sie trägt eine enge Lederjeans und ein bauchfreies Top.

»Es ist hier am sichersten für dich.«

»Am sichersten«, lache ich auf. »Wieso sagt er mir nicht selbst, dass ich herkommen soll? Wieso schickt er dich vor?« Nach allem, was wir zusammen durchgemacht haben, habe ich wirklich mehr von ihm erwartet. Ich dachte, er hätte mehr Eier in der Hose.

»West ist auswärts und muss einige Dinge klären. Hör mal.« Dieses Mal nimmt sie mein Gesicht in beide Hände. »Vertraust du mir?« Instinktiv will ich mit Nein antworten, weil ich in meinem Leben erst einem Menschen vertraut habe. Und enttäuscht wurde.

Aber dann erinnere ich mich daran, dass Liana von Anfang an für mich da war, ohne dass jemand sie darum gebeten hat. Auch wenn wir uns erst seit vier Wochen kennen, weiß ich, dass sie ein guter Mensch ist. Und gute Menschen gibt es in einer Welt voller Dämonen nur noch wenige.

»Ja.« Das Einknicken fällt mir schwer, aber ich muss lernen, mich wieder Menschen zu öffnen. Erleichterung huscht über ihr schönes Gesicht, und das nächste, was ich spüre, sind ihre Lippen an meiner Wange. »Gut.«

Damit dreht sie sich um, öffnet die Tür mit einer Karte und lässt mir den Vortritt. Einen Teil von Wests Wohnkomplex kenne ich bereits, aber als jetzt das Licht angeht, wird mir erst klar, wie groß er wirklich ist. Sechs Zimmer gehen von dem Flur ab, auf dem wir stehen, am anderen Ende kann ich den Wohnbereich sehen, in den ich letztens aus Versehen geplatzt bin.

»Und wie stellt er sich das jetzt vor? Wo soll ich schlafen?« Fassungslos über meine nicht wirklich vorhandene Abwehr, streife ich mir die Schuhe von den Füßen, während Liana mich in eines der Zimmer bittet. Das Licht erhellt den Raum, der sich als Schlafzimmer entpuppt. Liana verfolgt derweil jede meiner Gesten.

»Keine Sorge, das ist nicht *sein* Schlafzimmer.« Ich schiele zu ihr herüber und bekomme einen Knoten im Magen, wenn ich nur daran denke, dass sie und West … Aber wieso sollte sie sich sonst so gut hier auskennen? »Das gehört jetzt dir. Vorerst.« Sie stellt den Koffer neben dem geräumigen Bett ab, läuft zur einzigen weiteren Tür im Raum und deutet hinein. »Hier drin ist dein Badezimmer.« Neugierig gehe ich zu ihr herüber und spähe in eines der modernsten Badezimmer, die ich je zu Gesicht bekommen habe. Kaum zu vergleichen mit den verschimmelten Kerkern, die ich sonst Bad geschimpft habe.

»Es ist wirklich schön hier, aber ich verstehe immer noch nicht, was das alles soll. Was will dieser Mann von mir?« Eiseskälte umgibt mich allein beim Gedanken an ihn und seine schmierigen Blicke.

»Er will viele Sachen von vielen Frauen. Aber keine Sorge, dich wird er nicht kriegen.« Sie gibt mir noch einen Kuss auf die Wange, bevor sie zur Tür tänzelt.

»Ich muss jetzt noch zwei Stunden arbeiten, aber was hältst du davon, wenn wir uns nachher einen Mädelsabend machen? Ich klaue ein bisschen vom Schampus hinter der Bar für uns?« Anzüglich leckt sie sich über die Lippen, und weil ich nicht antworte, entscheidet sie einfach selbst.

»Gut, dann bis in zwei Stunden, Süße. Dusch dich, schmink dich ab. Sei einfach mal froh, durchatmen zu können.« Ein paar klackernde Absatzgeräusche später ist Liana verschwunden und ich bleibe allein zurück. Ohne zu wissen, was zur Hölle hier gerade vor sich geht. Und wann ich verlernt habe, meinen eigenen Kopf durchzusetzen.

WEST

»Wann kann das System installiert werden?« Mit dem Handy am Ohr steige ich aus meinem Wagen und passiere den Hinterhof. Es ist noch nicht so spät am Abend und so brennt in den meisten Apartments der Frauen noch das Licht, was sich spätestens in einer Stunde ändern sollte, wenn die Rushhour losgeht.

»Die Frage ist, wann das System installiert werden soll.« Bruce gehört schon, seit der Club besteht, zu meinem festen Personal, wenn es um die Sicherheit geht. Ich weiß, dass ich mich auf ihn verlassen kann, aber auch, dass er sich ordentlich was dafür zahlen lässt. Er hat die ganzen Schlösser und die Kameras im Club installiert.

»So schnell wie möglich.« Die einzig logische Antwort bringt ihn zum Schmunzeln. »Tja, du weißt ja, West. Meine Zeit ist kostbar ... überleg dir einen Preis, und wenn er mir gefällt, kann ich vielleicht morgen alles installieren. Ansonsten ist mein Kalender wirklich brechend voll.«

»Du durchtriebenes Arschloch«, murmle ich, kann aber auch nicht aufhören, zu grinsen, weil er mich derart in der Hand hat. Früher wusste ich nicht einmal, wie ich meine Kippen kaufen sollte, jetzt weiß ich, dass man sich mit Geld ALLES kaufen kann. Frauen, Autos, Handlanger.

»Ich maile dir mein Angebot.« Und dann drücke ich das Symbol mit dem roten Hörer, stecke das Handy in die Innentasche meines Jacketts und öffne die Tür zu meinem Komplex. Von Liana weiß ich, dass sie Ivory schon hergebracht hat, als ich noch unterwegs war, und so identifiziere ich den lieblichen Duft im Flur direkt als ihren.

Doch als ich einen Blick in das Schlafzimmer werfe, das ich für sie vorgesehen habe, fehlt von Ivory jede Spur. Ohne darüber nachzudenken, gehe ich rein, finde den roten Koffer neben dem Bett, aber sonst nichts. Da auch im Badezimmer das Licht aus ist, bekomme ich Panik. Was, wenn sie abgehauen ist? Ich kann mir nur vorstellen, wie sie reagiert hat, als Liana sie hergebracht hat. Ivory hat sicher keine Luftsprünge gemacht, dass sie es hasst, bevormundet zu werden, habe ich in den letzten Wochen gemerkt.

Mit schnellen Schritten bin ich wieder im Flur, und will gerade ins Wohnzimmer rennen, als ich Wasser in die Leitung schießen höre. In. Meinem. Badezimmer. Mein Verdacht bestätigt sich, als ich mein Schlafzimmer betrete und durch den Spalt in der Tür das Licht im Badezimmer flimmern sehe. Was zur Hölle hat sie vor? Die Konsequenzen sind mir egal, also stolziere ich aufs Bad zu und reiße die Tür auf. Wenn sie sich in mein Bad verirrt, sollte sie damit rechnen, dass ich einfach hereinplatze.

Dampf steht in der Luft, und als mein Blick auf die Dusche fällt, bleibt mir der Atem weg. Ivory steht tatsächlich vor mir.

Nackt. Innerlich hatte ich die Befürchtung, dass es sich um Roxana handeln könnte, immerhin wäre es gewiss nicht das erste Mal, dass sie einfach hier reinstolziert und sich breitmacht.

Aber alles, was ich jetzt ansehen kann, ist Ivorys Rückansicht. Die langen, silbernen Haare sind nass und somit deutlich dunkler, das Wasser rinnt anmutig über ihren hellen Körper.

Die Show genießend und die Anspannung der letzten zwei Tage vergessend, lehne ich mich gegen den Türrahmen und sehe ihr dabei zu, wie sie sich einschäumt und anschließend den Schaum wieder abwäscht.

Hat sie mich immer noch nicht bemerkt? Oder – was bei ihr viel wahrscheinlicher ist – will sie, dass ich sie beobachte?

Sicher will sie es mir nach meinem Entschluss, sie herzuholen, heimzahlen. Indem sie nackt unter meiner Dusche steht, mich aber sonst auf Abstand hält.

Der Stoff unter meiner Hose spannt sich an, je länger ich hier stehe und ihre Rundungen mit meinem Blick nachfahre. Ivory hat den perfekten Körper. Vor allem aber ist sie nicht so dünn wie viele meiner Frauen, weil die Kerle darauf stehen.

Meine Augen wandern über die straffe Haut ihrer Oberschenkel, über ihren Arsch, und gerade, als ich an ihrem Kopf ankomme, dreht sie sich um. Ihre Augen sehen direkt in meine und sie zuckt nicht einmal zurück. *Sie wusste, dass ich hier bin.* Biest. Das ist das Einzige, was mir dazu einfällt.

Keiner von uns sagt etwas, auch nicht, als sie mit erhobenem Kopf aus der Dusche steigt. Das Wasser läuft ihr über die Brüste, ihre Brustwarzen sind steif und sobald sie vor mir steht, ziert eine Gänsehaut ihren Körper, weil ihr die Wärme des Wassers fehlt.

Noch immer sieht sie mich an, ohne mit der Wimper zu zucken, und ihr Blick verrät mir, dass sie mich am liebsten tot sehen würde, nachdem ich mich nach unserer gemeinsamen Nacht aus ihrer Wohnung geschlichen habe. Es ist skurril, sie auf so intime Weise anzusehen, nachdem sie einmal meine kleine Schwester war. Und zur selben Zeit ist es, als müsste es so sein.

Ivory nimmt ihre Haare zusammen, wringt sie aus, wobei sie den ganzen Fliesenboden unter Wasser setzt, schnappt sich ein Handtuch und bindet es sich in Zeitlupe um den Körper. Doch egal, wie sie aussieht, ihr Anblick bringt mein Blut seit ihrem ersten Tag hier zum Kochen. Die Stille zwischen uns wird immer lauter, und als sie schließlich schnaufend an mir vorbeigeht, halte ich sie zurück.

»Willst du mir nicht erklären, wieso du unter *meiner* Dusche stehst?« Es gibt tausend andere Sachen, die ich ihr sagen will, aber ich liebe es, sie auf die Palme zu bringen. Ivory grinst mich lieblich, aber falsch an. *Gib mir eine Sekunde und ich durchschaue deinen Bluff.*

»Willst du mir nicht sagen, wieso du in der Nacht einfach abgehauen bist wie ein feiges Stück Scheiße?« Ihre Wortwahl trifft mich nicht im Geringsten, viel eher macht ihr Biss sie noch unwiderstehlicher.

An ihrer sich stark hebenden Brust sehe ich, dass sie kurz vor dem Platzen steht. Sie kommt dichter an mich heran und greift nach dem Kragen meines Jacketts. Mit den Fingern fährt sie ihn entlang und streift dabei meinen Hals, was noch mehr Blut in meinen Schritt schießen lässt.

»Oder, wieso ich hierhergebracht wurde, ohne dass mir jemand verrät, was hier eigentlich los ist?« Bis eben war sie noch taff, aber mit jedem Wort sieht man ihr die Maske an, die langsam bröckelt. Sie will ihre Hand runternehmen, aber ich halte sie fest und lasse sie nicht entkommen. »Ich bin mir sicher, dass Liana dir gesagt hat, wieso. Du bist zu deiner Sicherheit hier.« Mit einem verzweifelten Lachen quittiert sie meine Antwort. Ihre Haut ist perfekt und die Sommersprossen auf ihren Wangen unterstreichen ihren hellen Teint.

»Ach, ist das so?« Glaubt sie wirklich, ich spiele nur? Nach allem, was wir durchgemacht haben, müsste sie wissen, dass ich so nicht bin. Egal, wie viel Zeit vergangen ist.

»Ist es. Ob du willst oder nicht.« Durch die Intensität, mit der ich sie ansehe, scheint sie den Ernst der Lage zumindest zu erahnen. Jetzt flackert Panik in ihren hübschen Augen auf, die ich schon zu oft habe weinen sehen. Wie oft musste ich sie damals halten und ihr Trost geben? Wie oft habe ich sie in ihrem Zimmer weinen hören und mir gewünscht, ich könnte sie aus diesem Leben herausholen? Wie oft bin ich gescheitert?

»Ich will, dass ihr mir sagt, was hier los ist, West. Was will dieser Kerl von mir? Warum bin ich nicht in Sicherheit?«

Schon das erste Aufeinandertreffen mit ihr in der Loge hat mir bewiesen, dass sie in der Lage ist, sich zu wehren. Aber sie hat ja keine Ahnung, womit sie es hier zu tun hat und jede falsche Info könnte sie in noch größere Gefahr bringen.

»Er will dich«, sage ich ihr unverblümt das, was Tristans Blicke mir an dem Abend allzu deutlich zu verstehen gegeben haben. Er muss nicht mehr aussprechen, was er will, damit ich es begreife. Aber dieses Mal werde ich alles dafür tun, dass er den Kampf verliert. Schon der Gedanke daran, sie in seinen Fängen zu wissen, bringt mich um.

»Und was will er von mir? Ich verstehe das alles nicht! Ich kenne den Kerl doch gar nicht!« Ich beiße mir auf die Zunge, um die Wahrheit zu verschlucken, und schmecke dann Blut in meinen Mund sickern.

»Der Arme hat sich schockverliebt. Glaub mir einfach, dass du nicht in seinen Club willst.« Schockverliebt ist definitiv das falsche Wort, aber das einzige, was ich benutzen kann, ohne dass sie Verdacht schöpft. Bittere Magensäure steigt in mir auf, als ich an seinen Schuppen denke, den er Club schimpft.

»Seinen Club?« Meine Antwort besteht aus einem Nicken. »Und in seinem Club gibt es keine Regeln, Ivory. Du willst nicht wissen, wie seine Frauen behandelt werden. Also vertrau mir einfach, wenn ich dir sage, dass du hier bei mir in Sicherheit bist, bis ich einen Weg gefunden habe.« Momentan weiß ich noch nicht, wie dieser aussehen soll, aber ich werde einen finden, koste es, was es wolle. Ivory fährt sich durch die nassen Haare und an ihren Händen kann ich sehen, dass sie zittert. Sie hat Angst vor ihm: Und das ist es, was sie haben sollte.

»Und wie soll das weitergehen, West? Ich bin nicht ohne Grund hier! Ich muss arbeiten, weil ich das Geld brauche. Du verstehst das nicht, weil du jetzt im Geld schwimmst, aber während du dich aus dem Staub gemacht hast, bin ich fast im Sumpf ertrunken!« Tränen brennen in ihren Augenwinkeln und ihre Unterlippe zittert. Ich will sie an mich ziehen und ihr versichern, dass alles besser wird. Aber wie kann ich ihr ein leeres Versprechen geben? Schon wieder? Also bleibe ich auf Abstand, so schwer es mir auch fällt, und wähle den sicheren Weg.

»Du bekommst dein Geld trotzdem.« Ivory zieht die Stirn in Falten. »Wieso? Wieso solltest du mir Geld zahlen, wenn ich deinem Club nichts bringe? Du bist mein Boss, West. Und du hast mir gesagt, dass deine Kunden das wichtigste sind. Wieso willst du mir helfen?« Mittlerweile sind wir einander wieder so nah, dass ich ihren Atem auf mir spüren kann. Und wenn sie nicht gleich die Beine in die Hand nimmt, kann ich für nichts mehr garantieren. Ich streiche ihr eine nasse Strähne hinters Ohr und verharre einen Moment an dieser Stelle. Meine Augen fixieren ihre weichen Lippen.

»Das bin ich dir schuldig. Meinst du nicht?« Und weil ich mich unter Kontrolle bringen und Bruce mein Angebot unterbreiten muss, lasse ich widerwillig von ihr ab. Schwer ausatmend gehe ich an ihr vorbei und halte an der Tür inne. Ivorys Anwesenheit ist so präsent, dass es mich vollkommen einnimmt, aber ich brauche jetzt einen klaren Kopf, der funktionieren kann.

Und das schafft er nicht in ihrer halbnackten Gegenwart. Also lasse ich sie in meinem Schlafzimmer zurück und gehe in mein Büro, dem einzigen Ort, an dem ich gerade am allerwenigsten sein will.

IVORY

»Whoa, immer mit der Ruhe, Kätzchen.« Liana schmeißt sich auf mein Bett, das sich vollkommen fremd anfühlt, und nimmt mir die Flasche weg, nachdem sie, ohne anzuklopfen, mein Schlafzimmer betreten hat. Wie kommt sie hier nur immer rein?

»Spaßpolizei, oder was?«, murre ich sie an. Nachdem West mich einfach wie einen begossenen Pudel in seinem Schlafzimmer hat stehen lassen, bin ich auf Erkundungstour durch das Haus gegangen. Ich habe den Blick auf den Innenhof genossen, ohne dabei von irgendjemandem gestört zu werden, habe mir eine Packung Eis aus dem Gefrierschrank reingeschaufelt, und letztendlich habe ich die Kellertreppe und somit den Alkoholvorrat von West entdeckt.

»Da war wohl jemand im Haus unterwegs, hm?« Liana begutachtet den Scotch in meiner Hand und schiebt ihn anschließend auf den Nachttisch, was mich nur genervt die Augen verdrehen lässt. Sieht sie nicht, dass ich gestresst bin?

»Woher kennst du dich so gut hier aus?« Ein Hicks überkommt mich, und als ich erneut nach der Flasche greifen will, hält Liana mich auf. »Vergiss es. Ich habe dir Schampus versprochen, also bekommst du auch Schampus. Scotch ist nichts für Engel wie uns.« Sie zieht eine Flasche aus ihrer Handtasche und tänzelt mit den Augenbrauen.

»Nun gib schon her!« Keine Ahnung, wie spät es ist, geschweige denn, wie viel Alkohol ich schon im Blut habe, aber nach den letzten Tagen sei mir ein Absturz ruhig gegönnt. Nur einen Abend lang will ich mich entspannen und versuchen, nicht direkt an die Decke zu gehen, weil West mich bevormundet und hierher verfrachtet hat. Ich glaube ihm, dass er mich nur schützen will, aber wenn er mir nicht bald sagt, was genau hier vor sich geht, werde ich zur Zeitbombe.

»Mein Gott, was ist in den letzten drei Stunden passiert, in denen ich weg war? Bist du jetzt zur Alkoholikerin mutiert?« Abschätzend und prüfend sieht sie mich an, während ich mich mühsam aufrapple. Mein Körper fühlt sich an, als wäre er doppelt so schwer wie sonst.

»Zur Abwechslung könntest DU mir ja mal ein paar Fragen beantworten«, hickse ich wieder und erobere die Flasche, die zu meinem Glück schon offen ist. Jackpot! Ein Prickeln läuft über meine Zunge, als ich den Champagner schlucke.

»Zum Beispiel, wieso du hier einfach reinkannst und dich so gut hier auskennst«, setze ich noch hinterher, weil Liana nicht antwortet. Sie muss sich umgezogen haben, jetzt trägt sie nur eine lockere Jogginghose und ein Trägertop. Ein Style, der gar nicht zu ihr passt, sie aber natürlich schön wirken lässt. Wenn man über ihre gemachten Dinger hinwegsieht, heißt es, denn die sind alles andere als natürlich.

»West und ich sind Freunde.«

»Aha.« Meine spitze Antwort lässt sie nur schmunzeln, was mich innerlich zum Brodeln bringt. »Freunde mit gewissen Vorzügen hatte ich noch nie.« Mit dieser Feststellung lasse ich mich rücklings aufs Bett fallen und starre an die Decke, die langsam beginnt, sich zu drehen.

»Du glaubst, ich poppe mit ihm?« Liana klingt, als hätte ich ihr einen Hieb in den Magen gegeben. Fahrig mache ich eine Geste mit der Hand, in der keine Schampusflasche steckt.

»Du mit ihm, er mit dir … wie auch immer.«

»Fräulein!« Weil meine Reaktionsgeschwindigkeit der einer Schildkröte gleicht, kann sie mir die Flasche schnell abnehmen. Sekunden später sitzt sie auf meinem Schoß und dreht mein Gesicht in ihre Richtung, damit sie mich ansehen muss.

»Ich weiß, dass ich eine Hure bin. Aber ich schlafe nicht mit meinem Boss, das gehört sich nicht, klar?« Sie verengt die Augen zu Schlitzen, während mir die Röte ins Gesicht schießt, die sie sofort bemerkt. Und zu meinem Bedauern schätze ich sie so ein, dass sie sie auch direkt richtig deutet.

»Hups.«

»Hups? DU ETWA?« Sie reißt ihre Brauen hoch und ihr Mund steht weit offen. Wieso zur Hölle sitzt sie eigentlich immer noch auf mir wie eine Mutter, die ihr Kind unter Kontrolle bringen will?

»Einmal vielleicht. Und danach hat er sich einfach aus meinem Bett geschlichen.« Ich versuche, sie von mir zu schieben, aber sie ist nüchtern und eindeutig stärker als ich. »Einmal ... ich glaube, ich spinne. Kein Wunder, dass du einen auf hysterische Ehefrau machst.« Ihre Hände liegen immer noch an meinen Wangen, die jetzt aber nach meinen Händen greifen und sie in die Matratze drücken.

»Wieso starrst du mich eigentlich so an?« Immer noch dreht sich alles, und ihre penetranten Blicke machen es nicht unbedingt besser. Lianas Miene ist undurchdringlich, was mich völlig aus dem Konzept bringt.

»Du bist wirklich schön, Ivory. Kein Wunder, dass West nicht die Finger von dir lassen kann.« Der Griff an meinen Händen wird weicher und der Druck ihres Körpers auf meinem Schoß härter.

»Was wird das, Liana?« Sie hält mir einen Finger vor die Lippen, beugt sich zum Champagner herüber und nimmt einen ausgiebigen Schluck. Anschließend macht

139

sie etwas, das mich nur die Augen aufreißen und nach Luft schnappen lässt. Liana beugt sich zu mir herab und lässt den Schampus in meinen Mund gleiten, als sie mich küsst.

SIE KÜSST MICH!

Ich winde mich unter ihr, aber als ich den Champagner herunterschlucke und sie mit ihrer warmen Zunge über meine Lippen fährt, dreht sich alles in mir und ich fühle mich wie paralysiert. Anstatt sie von mir zu schieben, lasse ich einfach zu, dass sie mich auf eine Art und Weise berührt, auf die mich noch nie eine andere Frau berührt hat.

»Das wollte ich schon an deinem ersten Tag hier ausprobieren«, flüstert sie an meinen Lippen, und als sie ihre Zunge in meinen Mund schiebt, spüre ich plötzlich ein Kribbeln in meinem Bauch, das ich sonst nur bei einem Menschen hier im Club verspüre. Und der hat mich vorhin fallen lassen wie eine heiße Kartoffel. Wut flackert wieder in mir auf, und ich will mich befreien, kann es aber nicht.

»Liana, ich -«

»Sch.« Sie hebt den Kopf, sodass ihre Lippen jetzt über meinen schweben. Ihr Mund schmeckt nach einer Mischung aus Himbeeren und Champagner.

»Ich weiß, dass du auf Männer stehst. Lass es einfach zu, okay? Vertrau mir.« Und dann liegen ihre Lippen wieder auf meinen, dieses Mal druckvoller.

Ich wehre mich nicht mehr gegen sie, stattdessen versuche ich, die Gedanken in meinem Kopf zu ordnen. Wieso zur Hölle lasse ich das zu? Und liegt das wirklich nur am Alkohol? Lianas Finger streifen die Haut an meinem Dekolleté, und als sie mein Top nach unten schiebt und mit ihren Nägeln über meine Brustwarzen fährt, muss ich aufstöhnen.

»Genau so, Kätzchen.« Ich lasse die Lider zufallen und gebe mich meinen Sinnen hin, auch wenn ich absolut nicht verstehen kann, was hier gerade vor sich geht.

WEST

Zwei Stunden – länger habe ich es nicht in meinem Büro ausgehalten, ohne den Verstand zu verlieren. Fernandez ging mir auf die Eier, Bruce will für die Installation der neuen Schlösser Summen, die jenseits von Gut und Böse sind, und Tristan hat sich für morgen Abend angekündigt. Alles Dinge, die mich davon abgehalten haben, an Ivory zu denken, dafür sind die Gedanken jetzt umso penetranter, als ich den Flur betrete. Mit einem Griff lockere ich meine Krawatte und öffne die obersten Knöpfe meines Hemdes, damit ich besser atmen kann, als ich Stimmen aus ihrem Schlafzimmer höre.

»Genau so, Kätzchen.« Ich muss nicht nachsehen, wem die Stimme gehört, ich weiß sofort, dass es Lianas ist.

Aber was zum Teufel will sie um diese Uhrzeit noch hier? Ein unterdrücktes Stöhnen folgt, sodass ich stocksteif im Flur vor ihrer angeklappten Tür stehe.

»Deine Lippen sind so weich«, kichert Liana jetzt, und als ich ein neues Stöhnen höre, das definitiv nicht von ihr selbst kommt, schiebe ich die Tür auf. Wie erwartet, handelt es sich um Liana … die auf Ivorys Schoß sitzt und ihr ihre Zunge in den Hals schiebt.

Ivory hat die Augen geschlossen, ihre Wangen sind feuerrot und neben dem Bett kann ich einen angefangenen Scotch und einen Champagner sehen. Unfähig, die beiden zu unterbrechen, stehe ich einfach im Türrahmen und sehe ihnen zu, wie sie sich küssen. Doch als Liana mit ihren Fingern Richtung Süden wandert, brennen meine Sicherungen durch. Wo diese albernen Besitzansprüche herkommen, weiß ich nicht, aber Fakt ist, dass nicht sie diejenige sein sollte, die sie so berührt.

»Störe ich?« Meine Frage ist albern, immerhin sieht jeder Blinde, dass ich störe. Ivory keucht erschrocken auf, als sie mich sieht, Liana hingegen grinst mich nur süffisant an. Dieser Teufel!

»Wenn wir ehrlich sein sollen: Ja, ziemlich.« Liana will ihre Show weiterspielen, aber Ivory dreht ihren Kopf weg und schiebt Liana von sich herunter. Eilig richtet sie ihr Top, ihre Haare sind ein einziges Chaos, ihre Lippen gerötet und ihre Wangen glühen. Liana hingegen könnte kaum gelassener sein.

»Ich glaube, du solltest gehen, Liana.« Meine Stimme ist dunkel, und auch, wenn ich nicht auf diese Lesbenspiele stehe, kann ich nicht verhindern, dass der

143

Stoff über meinem Schwanz spannt. Liana legt den Kopf schief und streicht über Ivorys nackten Arm, was sie sofort zusammenzucken lässt. An ihrem vernebelten Blick sieht man, dass sie ziemlich betrunken ist, immerhin hat sie sich an meinem Scotch zu schaffen gemacht. Gesagt hat sie bis jetzt noch nichts, dafür sieht sie aus, als hätte sie einen Geist gesehen.

»Spielverderber«, murmelt Liana, gibt Ivory einen Kuss auf den Mundwinkel und flüstert ihr etwas zu. Danach steht sie auf, schnappt sich ihre Handtasche und kommt mit eleganten Schritten auf mich zu. Bevor sie verschwunden ist, flüstert sie mir noch etwas zu.

»Ich habe sie nur schon mal für dich angeheizt, West. Entspann dich.« Und dann ist sie verschwunden. Mein Blick wandert zu Ivory, die jetzt ihre Schultern strafft, nach dem Scotch greift und sich einen ausgiebigen Schluck gönnt. Nachdem sie heruntergeschluckt hat, leckt sie sich die Tropfen von den Lippen.

»Wassis?«, fragt sie ziemlich lallend und sieht mich fragend an. Und bevor sie einen weiteren Schluck trinken kann, bin ich schon bei ihr und nehme ihr die Flasche ab. Dabei streifen sich unsere Finger und Stromschläge durchzucken mich, genau wie sie, das sieht man ihrem Blick an.

»Du solltest besser aufhören, bevor du morgen mit dem Kater deines Lebens aufwachst, Ivory.« Doch anstatt meine Fürsorglichkeit ernst zu nehmen, grinst sie nur bis über beide Ohren. Sie greift nach meiner halboffenen Krawatte und zieht mich zu sich heran, sodass mich ihr warmer Atem trifft.

»Du warst damals schon süß und fürsorglich. Aber jetzt? Jetzt … puh.« Sie kichert und zieht mich noch dichter an sich heran, sodass sich unsere Lippen fast treffen. Mein Mund schwebt über ihrem, und ein Blick nach unten verrät mir, wie schnell und flach sie atmet. Unter dem dünnen Spaghettitop kann ich ihre steifen Nippel sehen.

»Du bist betrunken, Ivory. Und du weißt nicht, was du redest«, versuche ich, rational zu bleiben, auch wenn es mich meine ganze Überwindung kostet, sie nicht einfach in mein Bett zu tragen und da weiterzumachen, wo wir vorgestern aufgehört haben, bevor sie in meinen Armen eingeschlafen ist.

»Einbiiiisschenvielleich«, kichert sie wieder, und ehe ich reagieren kann, hat sie mich aufs Bett gezogen und sich vor mich gestellt. Sinnlich lässt sie ihre Hüften für mich kreisen, wie damals in der Tanzloge.

Nur, dass sie es dieses Mal freiwillig macht und mich damit noch stärker aus dem Konzept bringt. Damals wollte ich sie demütigen, damit sie sich von mir fernhält … jetzt?

Jetzt kann ich nur ihren göttlichen Körper anstarren und hoffen, dass sie aufgrund des Alkoholpegels in ihrem Blut nicht zur Seite kippt.

»Kommschonnnn«, flüstert sie. »Siehruhighin, wennichfürdichtanse.« Und dann greift sie nach den Trägern ihres Oberteils, die sie langsam nach unten schiebt. Ihre Brüste springen aus dem Top, und ehe ich sie daran hindern kann, landet es schon auf dem Boden. Sie trägt nur noch eine kurze Pyjamahose.

Sonst nichts.

Meine Augen wandern zu dem Tattoo, das mir verdeutlicht, dass sie zu mir gehört, und ich weiß, dass ich gleich die Kontrolle verliere. Ivory legt ihre Hände auf meine Knie und schiebt meine Beine auseinander, wobei mich ihre langen Haare streifen. Und bevor sich meine Vernunft einschalten kann, schiebt Ivory sie mit einem Ruck wieder zusammen, und setzt sich in diesem Hauch von Nichts auf meinen Schoß. Mein Gesicht vergräbt sich an ihrem Hals und ich inhaliere ihren süßen Duft. Wieso zur Hölle muss sie auch so gut riechen?

»Wenn du nicht willst, dass ich dich nüchternficke, solltest du runtergehen«, warne ich sie, aber anstatt meine Drohung ernst zu nehmen, schiebt sie sich nur noch dichter an mich heran.

Ihre Augen sehen vernebelt in meine, und als sie meine Hände auf ihren Hüften platziert, stöhnt sie leise auf. Ihre Wangen sind immer noch rot, ihr Mund leicht geöffnet. Ihr Atem riecht nach Scotch und ihre Lider flattern hektisch.

»Vielleicht will ich das ja.« Das erste Mal, seit ich hier bin, spricht sie wieder deutlich zu mir. Ihr Blick klart ebenfalls auf, sodass nur noch ihr Atem daran erinnert, dass sie betrunken ist.

Und als sie sich auf die Unterlippe beißt, vergesse ich, was ich eigentlich tun sollte. Knurrend schiebe ich sie dichter gegen meine Brust und hauche Küsse auf ihren Hals. Ivory streckt sich mir entgegen, und beginnt dann, meine Hose zu öffnen. Es dauert nicht lange, bis sie meinen Schwanz herausgeholt hat und in meinen Armen wimmert.

»Verhütest du?«, frage ich sie keuchend, und als sie atemlos nickt, schiebe ich ihr Höschen zur Seite und lasse sie auf meinen Schwanz gleiten.

Jede Stelle meines Körpers geht in Flammen auf, als Ivory beginnt, mich zu reiten. Unsere Münder finden einander, meine Hände umfassen ihre Hüften, ihre krallen sich in den Stoff meines Hemdes.

Und dann mache ich das, wovor ich vorhin geflohen bin. Ich nehme mir das, was ich will, auch wenn ich weiß, dass ich es nicht haben sollte.

IVORY

Vernichtende Kopfschmerzen wecken mich. Doch nicht nur der Kakadu hinter meiner Schläfe, der genüsslich gegen sie hämmert, hält mich vom Schlaf ab. Denn da wären noch die allzu deutlichen Hinweise darauf, was vorhin passiert ist.

Ein Arm, der über meinem nackten Bauch liegt. Ein Atem dicht an meinem Ohr. Ein Brennen zwischen meinen Beinen. West. Ich schiele in der Dunkelheit zu ihm herüber, seine Lippen stehen leicht offen, sein Gesicht ist entspannt. Langsam, aber sicher kehren alle Erinnerungen zurück und ich würde am liebsten kurz aufschreien, damit ich aufwache und wieder in meinem Bett in meinem Apartment liege.

Ich drehe mich zur Seite und entdecke den Champagner und den Scotch, die mich dazu verleitet haben, Liana einfach machen zu lassen. Mit dem Handrücken fahre ich über meinen Mund, um die Erinnerungen von mir zu schrubben, aber es klappt nicht. Es ist, als könnte ich sie immer noch auf meinen

Lippen schmecken. Weil der Schmerz in meinem Kopf immer stärker wird, schleiche ich mich aus dem Bett und mache mich, mit meinem Handy bewaffnet, auf den Weg ins Bad.

Pandaaugen starren mich an, als ich meinem Spiegelbild gegenüberstehe, meine Haare sind ein reines Desaster und mein Lippenstift hängt überall, nur nicht mehr auf meinem Mund.

Grummelnd öffne ich einen Schrank nach dem anderen und atme erleichtert auf, als ich den Medizinvorrat entdecke und ein paar Kopfschmerztabletten darin finde. Sobald ich sie mit etwas Wasser heruntergespült habe, trockne ich mir das Gesicht ab und will gerade das Bad verlassen, als das Handy auf dem Waschbeckenrand vibriert. Drei neue Nachrichten. Alle von Liana.

1. *Na, hat mein Plan funktioniert?*
2. *Nun komm schon, so lange kann doch kein Mann durchhalten!*
3. *Schreib mir morgen, Süße. Ich will jedes dreckige Detail. PS: Deine Lippen sind wirklich weich, aber no homo. ;)*

Lachend schüttle ich den Kopf, lasse mich auf den Toilettensitz sinken, lehne mich zurück und wähle ihre Nummer. Selbstverständlich geht Liana sofort ran.

»Na, fertig gebumst?«

»Was sollte das?« Doch die viel größere Frage ist doch, wieso ich es überhaupt zugelassen habe! Liana schnalzt am anderen Ende der Leitung mit der Zunge.

»Ein Dankeschön hätte auch gereicht, du undankbares Stück.« Ihre Ausdrucksweise bringt mich zum Lachen, und auch wenn mein Schädel immer noch explodiert, geht es mir schon etwas besser als eben noch. Ich fühle mich immer noch überfahren, aber ich habe die Hoffnung, dass die Tablette hilft und ich morgen ohne Kater aufwache. Innerlich weiß ich, dass das nur Wunschdenken ist.

»Im Ernst, Liana. Was hast du dir dabei gedacht?« Mit der freien Hand greife ich nach der Klopapierrolle, reiße mir ein Stück davon ab und zerrupfe es vor Nervosität.

»Mach dich mal locker, Ivory. Ich hab dich nur geküsst und nicht deine Muschi geleckt.« Auf meinem Schoß liegen die Fetzen des Toilettenpapiers, das ich jetzt fallen lasse. Dieses miese Biest!

»Ich hätte dich auch sicher nicht da rangelassen. Falls du das noch nicht weißt: Ich stehe nicht auf Frauen. Das war der Alkohol«, verteidige ich mich schwach, was sie nur lachen lässt.

»Mein Gott, entspann dich. Ich stehe auch nicht auf Frauen. Aber ich wollte West ärgern, weil ich ihn gehört habe, außerdem siehst du heiß aus.« Mein Blick wandert in den gegenüberliegenden Spiegel, und das, was ich sehe, ist alles andere als heiß. Der Mascara hängt auf meinen Wangen, mein Mund sieht durch den verwischten Lippenstift geschwollen aus und meine Haare könnten kaum verfilzter sein.

»Also ist alles normal zwischen uns?«, hake ich mit mulmigem Gefühl nach. »Natürlich. Keine Sorge, ich werde dich nicht bespringen, wenn ich dich sehe. Dafür ist West zuständig. Apropos West. Wie war er denn so?« Ihre Frage lässt mich Hoffnung schöpfen, dass sie vorhin die Wahrheit gesagt hat und wirklich noch nie mit ihm im Bett war. Wieso es mir so wichtig ist, weiß ich nicht. Es geht mich nichts an, mit wem West Sex hatte, als ich noch nicht hier war.

»Gut«, antworte ich also und untertreibe damit vollkommen. Denn auch mit dem Alkohol in meinem Blut habe ich Dinge gespürt, die ich bis jetzt noch nie mit einem Mann gefühlt habe.

»Und er liegt immer noch in meinem Bett und ich weiß nicht, was ich machen soll«, flüstere ich.

»Na – zu ihm gehen und in die nächste Runde starten, was sonst?« Gerade als ich antworten will, höre ich plötzlich eine Stimme aus meinem Schlafzimmer.

Seine Stimme.

»Hör zu, ich muss auflegen.« Ohne ihre Antwort abzuwarten, lege ich auf, schiebe das Handy in die Tasche meiner Pyjamahose und schleiche zur Tür. Sobald ich sie einen Spalt offen habe, werden seine Worte lauter und klarer.

»Nicht. Nicht sie -« Stirnrunzelnd betrete ich das Schlafzimmer, und als ich West im Bett liegen und sich vor Schmerzen krümmen sehe, bin ich schneller bei ihm, als ich darüber nachdenken kann.

»Hey.« Meine Hand legt sich an seine Wange, doch er schlägt den Kopf so stark zur anderen Seite, dass er damit auch meine Hand wegschlägt.

»Wieso ... wieso?« Sein gequältes Murmeln sorgt dafür, dass Adrenalin in meine Adern schießt und ich Panik bekomme. Ich weiß, dass er nur träumt. Aber wovon? »Nimm mich ... nicht sie!«

Ich schwinge ein Bein über ihn, sodass ich auf seinem Schoß sitze und nehme sein Gesicht in meine Hände, das von Schmerzen verzerrt ist. Mit dem Daumen streiche ich beruhigend über seine Wange.

»Hey, West.« Langsam schlägt er die Augen auf, sein ganzer Körper zittert und steht unter Strom. Es dauert einen Moment, bis er mich erkennt und das Zittern allmählich abnimmt. Ein Schleier liegt über seinen Augen, der mit jedem Blinzeln weicht.

»Du hast nur geträumt«, versichere ich ihm. Seine Miene klart nicht auf, und anstatt etwas zu antworten, zieht er mich zu sich herab und hält mich in seinen Armen.

Ganz fest. Sein Gesicht vergräbt sich in meinen Haaren und er atmet tief durch. Eine Weile lang hält er mich so dicht bei sich und ich lasse es zu, auch wenn ich keine Ahnung habe, was das zu bedeuten hat.

»Nur ein Traum …« Seine Worte klingen erleichtert. Wieso lässt mich dann das Gefühl nicht los, dass viel mehr dahintersteckt?

IVORY

12 Jahre alt

»Streiten sie wieder?« West sitzt, wie immer, auf seiner Fensterbank. Mittlerweile traue ich mich ebenfalls hier rauf und so sitzen wir uns gegenüber und reden über Gott und die Welt. Fast jeden Abend. Manchmal nehme ich sogar einen Zug seiner Zigarette, auch wenn ich jedes Mal Ärger bekomme, wenn es in meinem Zimmer nach Rauch riecht.

»Klingt so.« Mein Blick huscht zur Tür und als ein lautes Poltern aus dem Wohnzimmer erklingt, wird mir ganz schwindelig. Mein Instinkt will, dass ich Mama helfe, aber ich weiß, dass ich ihr nicht helfen kann. Immerhin hat sie mir mehr als einmal gesagt, dass ich in meinem Zimmer zu bleiben habe, wenn es laut wird.

»Wieso ist deine Mutter eigentlich mit diesem Kerl zusammen?«, will West wissen und nimmt einen Zug seiner Zigarette. Er stellt mir ständig Fragen, auf die ich keine richtige Antwort habe. Immer wieder frage ich mich, wie sie mit einem Monster wie ihm zusammen sein kann. »Weil er unseren Kühlschrank füllt«, ist meine Standardantwort. West verengt die Augen, und je länger er mich so intensiv ansieht, desto unwohler fühle ich mich in meiner Haut.

Die Tränen versuche ich, zu verdrängen, aber er sieht sie sofort. Sekunden später hat er sich, lebensmüde wie er ist, aufgerappelt, springt auf mein Fensterbrett und steht letztendlich in meinem Zimmer. In den letzten Monaten ist er noch viel größer geworden. Seine Haare sind nicht mehr ganz so lang wie früher, haben aber immer noch dieselbe Schokoladenfärbung.

»Sommersprosse.« West hat die Hände in den Hosentaschen vergraben und seine Zigarette klemmt zwischen seinen Lippen. »Was ist los?«

»Nichts«, lüge ich etwas zu schnell. Wieder poltert es vor der Tür und mir läuft es eiskalt den Rücken herunter. »Du solltest nicht hier sein. Was, wenn sie dich erwischen?« Panisch schiele ich zwischen der Tür und ihm hin und her, aber West zuckt nur mit den Schultern, als wäre es ihm völlig egal. In letzter Zeit habe ich das Gefühl, dass er bei allem erwischt werden und dafür bestraft werden will. Immer öfter feiert er Partys bei sich, obwohl seine Mutter deshalb ausrastet, er raucht Joints in ihrer Gegenwart und sucht immer die Konfrontation.

»Dann wird deine Mutter zu meiner rennen und petzen. Und dann schlägt sie mich. Nichts Neues.« Es macht mich traurig, dass er die Schläge seiner Mutter als Selbstverständlichkeit ansieht. Noch jetzt kann man die blauen Flecke unter seinem rechten Auge leicht schimmern sehen, die er sich eingefangen hat, weil er seine Mutter als Rabenmutter bezeichnet hat.

»Aber …« Zu mehr komme ich nicht, weil im nächsten Moment ein lauter Schrei meiner Mutter ertönt und mich erstarren lässt. Ohne auf West zu achten, lasse ich ihn hier stehen, stürme zur Tür und renne dem Schrei entgegen. Es ist mir egal, dass sie sagte, ich solle in meinem Zimmer bleiben! Meine Mutter sitzt auf dem Boden, das Gesicht in den Händen vergraben. *Er* steht vor ihr und spuckt ihr vor die nackten Füße.

»Wann kapierst du endlich, dass ihr ohne mich nichts wärt? Dass du ohne mich mit deiner verzogenen Göre auf der Straße leben würdest?« Er greift nach den langen Haaren meiner Mutter und zieht ihren Kopf so weit zurück, dass sie ihn ansehen muss. Ihr Gesicht ist fleckig und blutüberströmt, eine Wunde prangt auf ihrer Stirn.

»Wann, hm?«

»Es t-tut mir l-leid -«

»Fick dich und deine Entschuldigung!« Und als er ausholt, renne ich zu ihm herüber und versuche, ihn von meiner Mutter wegzuziehen. Sein Blick wandert zornig zu mir und ich bekomme eine Angst, die ich so noch nie in meinem Leben hatte. »Ivory, geh in dein Zimmer.« Es ist meine Mutter, und ich weiß, dass sie mich nur beschützen will. Aber wer beschützt sie, wenn nicht ich? Sie hat doch nur mich.

»Sieh mal einer an.« Er lässt von meiner Mutter ab und drängt mich zurück. Ich stolpere über das Heroinbesteck meiner Mutter und falle fast nach hinten. In letzter Sekunde packt er mich am Arm und fängt mich auf. Nicht, weil er mir helfen will. Nein. Weil er mir seine Macht demonstrieren will.

»Was habe ich dir immer und immer wieder gesagt, hm?« Seine dunklen Augen wandern über mein Gesicht. Und tiefer. Zu tief. Viel zu tief.

»Was, du Göre?«, brüllt er mich jetzt an. Meine Mutter verkriecht sich in der Ecke und sagt nichts mehr, weil sie weiß, dass sie machtlos gegen ihn ist. Es ist ihr nicht egal, was er mit mir macht, aber sie sieht keinen Ausweg. Lieber soll er mir wehtun als ihr. Und ich sehe es genauso.

»Dass ich in meinem Zimmer bleiben soll«, flüstere ich unter Tränen. Er verengt die Augen zu Schlitzen und geht vor mir auf die Knie, sodass wir auf Augenhöhe miteinander sind.

Der Griff um mein Handgelenk wird fester und meine Angst immer größer. West. West ist der einzige Grund, wieso ich noch stehen kann. Wieso ich nicht einfach zusammenbreche. Sein Atem und der Duft nach Tabak hüllen mich ein und mir wird wieder schwindelig. »Richtig. Wenn sich die Erwachsenen unterhalten, bleibst du in deinem Zimmer. Wenn nicht, dann muss ich Maßnahmen ergreifen. Willst du das?« Seine Frage sorgt dafür, dass mir übel wird. »WILLST DU DAS?« Panisch schüttle ich den Kopf.

»Siehst du. Also geh mir aus den Augen!« Er stößt mich zurück und so schnell ich kann, renne ich zurück in mein Zimmer. Zurück zu West. Sobald ich die Tür hinter mir geschlossen habe, nimmt er mich in seine Arme. Ich reiche ihm gerade mal bis zur Brust und er hält mich wie ein großer Bruder.

»Hey.« Er legt seine Hand an meine Wange und hebt meinen Kopf. »Hat er dir wehgetan?« Wieder kann ich nur den Kopf schütteln, auch wenn es gelogen ist. Mein Arm schmerzt an der Stelle, an der er mich gepackt hat, aber das ist gewiss nicht das erste Mal, dass er mich zu grob berührt hat.

»Hat er dir jemals wehgetan?«, fragt West jetzt genauer, aber ich kann wieder nur den Kopf schütteln. Ich habe ihm versprochen, den Mund zu halten. Ich darf nicht … Ich darf nicht … Ich darf ihm nicht sagen, dass er mir immer wieder wehtut, wenn ich nicht nach seiner Nase tanze.

»Wenn, dann würdest du es mir sagen, oder?« Ich nicke, meine es aber nicht ernst. West grinst mich traurig an und nimmt mich wieder in den Arm. Weil er mein Freund ist. Mein großer Bruder. Weil er der einzige Mensch ist, dem ich nicht egal bin. Und weil er seit fünf Jahren für mich da ist, obwohl er selbst genug Probleme in seinem Leben hat.

»Versprochen, Sommersprosse?«

»Versprochen.« Und ich wünschte, ich hätte dieses Versprechen nicht eingehalten. Vielleicht … vielleicht hätte er mich dann nicht im Stich gelassen.

WEST

Als ich am nächsten Morgen wach werde, ist Ivory weg. Auch wenn ich keinen Alkohol getrunken habe, fühle ich mich, als hätte ich im Whiskey gebadet. Ich rapple mich auf, checke das Zimmer und stelle fest, dass jedes Chaos, was wir hier gestern verursacht haben, verschwunden ist.

Die Flaschen stehen nicht mehr auf den Nachtschränken, meine Kleidung liegt ordentlich zusammengelegt auf der Bettkante und ihre Seite ist gemacht. Kurz flammt Panik in mir auf, doch als ich ein Poltern in der Küche höre, entspanne ich mich.

Kaum zu glauben, dass ich schon wieder die Beherrschung verloren habe. Dass ich ihr nicht widerstehen konnte, obwohl ich weiß, welche Folgen es für mich haben kann. Wenn er meine Schwachstelle kennt, wird er die Dinge hinterfragen. Und wenn er die Dinge hinterfragt, wird er wissen, wer sie ist. Ich streife mir meine Shorts über und gehe dann in die Küche, bereits im Flur riecht es nach Ei mit Speck.

Wie ein Tiger pirsche ich mich an Ivory heran. Sie trägt ihre Pyjamahose und ein lockeres Top. Da sie mir den Rücken zugedreht hat und am Herd steht, kann sie mich nicht sehen und ich nutze den Moment, um sie anzusehen.

Ihre silbernen Haare sind zu einem wilden Dutt nach oben gebunden, ihre schmalen Beine sind genauso hell wie der Rest ihres Körpers.

Während gebräunte Haut für die meisten Männer der Inbegriff von Attraktivität ist, kann ich den Blick nicht von ihrer Blässe lassen. Leise summt sie vor sich hin, und blitzschnell erinnere ich mich wieder an die Zeit, in der sie meine kleine Schwester war. In der sie mir ihre Dämonen anvertraut hat und ich ihr meine. Eine Zeit, in der ich für sie mein Leben geopfert habe, ohne dass sie es je erfahren wird.

»Genießt du die Aussicht?« Ihre Frage reißt mich aus meinen Gedanken an die Vergangenheit, und als sie mir einen fragenden Blick über die Schulter zuwirft, verliebe ich mich in diesen Anblick. Ihre Wangen sind rot, was bei ihr immer wieder passiert, und ungeschminkt sieht sie noch schöner aus als sonst.

»Was denkst du?«, antworte ich mit einer Gegenfrage und bin schneller bei ihr, als ich mich daran hindern kann. Meine Hände umgreifen ihre Hüften und mit einem Satz habe ich sie an mich gezogen, in meinen Armen gedreht, und auf die Arbeitsplatte neben den Herd gehoben.

Ivory sieht mich derweil einfach nur an.

»Ich denke …« Sie lässt den Pfannenwender neben sich gleiten und fährt mit ihren Fingern stattdessen über meine nackte Brust.

»Ich denke, dass es dir gefällt.« Sie deutet auf meinen Schritt, und wie nicht zu übersehen ist, hat sie recht. Allein die Tatsache, dass sie in MEINER Küche steht, nachdem ich mit ihr in einem Bett geschlafen habe, macht mich kopflos.

»Was genau machst du hier, Sommersprosse?« Meine Frage lässt sie nur lachen. Sie deutet auf die Pfanne neben sich. »Frühstück, was sonst?« Und bevor ich noch einen weiteren Moment unserer gemeinsamen Zeit mit Small Talk verschwenden kann, küsse ich sie.

Seufzend legt sie ihre Arme um meinen Hals, schiebt sich dichter an den Rand der Platte und somit näher an mich heran. Der Geruch nach Ei und Speck gerät in den Hintergrund, stattdessen nimmt mich ihr lieblicher Duft für sich ein. Sie riecht nach Himbeeren.

»Weißt du noch, was wir früher immer wollten?« Sie löst sich von mir und sieht mir tief in die Augen. Aus nächster Nähe ist es, als könnte ich jede einzelne Sommersprosse auf ihren Wangen zählen. Weil ich nicht antworte, übernimmt sie die Zügel.

»Das hier. Ein ganz normales Leben. Mit anständig verdientem Geld.« Die Richtung ihrer Gedanken gefällt mir nicht, aber ich lasse sie ausreden, weil ich ihre Nerven nicht überstrapazieren will.

»Und jetzt bist du mein Boss, hast einen Club voller Nutten und ich kann die Finger nicht von dir lassen.« Ein Lachen überkommt mich. Ihr Körper fühlt sich weich und warm an meinem an. Er passt perfekt zu mir.

»Gut zusammengefasst.« Und weil ich nicht will, dass sie tiefer gräbt, reiße ich sie wieder an mich und bringe sie zum Schweigen.

Meine Zunge wandert über ihre Unterlippe, und als sie stöhnend den Kopf in den Nacken legt, wandere ich abwärts. Über ihren Hals, hinab zum Ansatz ihrer Brüste. Ich bin fast gewillt, sie einfach hier auf der Arbeitsplatte zu nehmen, bis sie die Augen aufreißt und von der Platte herunterspringt.

»Scheiße!« Mit einem Ruck schiebt sie die Pfanne von der heißen Platte und erst jetzt fällt mir der verbrannte Geruch auf, neben dem Qualm, der uns umgibt. »Verdammte Scheiße!«, wiederholt sie jetzt energischer. Ich packe sie an der Hand und ziehe sie vom Herd weg.

»Was hältst du davon, wenn du mir das Kochen überlässt?« Ein Schmunzeln huscht über ihr Gesicht, und als ich mich umdrehe, um eine neue Pfanne aus dem Schrank zu holen, höre ich sie die Luft einziehen.

»West ... was ...?« Sie greift nach meiner Schulter, und ehe ich sie daran hindern kann, fahren ihre Fingerspitzen über die Narben auf meinem Rücken. Narben, die mich an eine Zeit erinnern, die mir alles entrissen hat. Inklusive der Frau hinter mir, die jetzt an mich herantritt und meinen Rücken wie ein Kunstwerk betrachtet. »Was ist mit deinem Rücken passiert?« Jede einzelne Strieme fährt sie nach und bei jeder Berührung zucke ich innerlich zusammen.

»Nichts.« Wie erwartet stellt sie meine Antwort nicht zufrieden, Ivory schiebt sich zwischen mich und den Schrank und sieht zu mir auf.

»Hat es mit deinen Albträumen zu tun?« Ihre Augen fahren über mein Gesicht, als wäre sie auf der Suche nach einer Spur der Wahrheit. Wie viel kann ich ihr anvertrauen, ohne dass es zu viel ist? Ohne sie zu sehr in Gefahr zu bringen?

»Ich weiß nicht, wovon du sprichst.« Meine Schultern spannen sich an und ich sehe sie schlucken. »Du hattest Albträume. Heute Nacht. Hat es etwas mit den Narben zu tun?« Sie trifft den Nagel auf den Kopf, aber ich bin unfähig, zu antworten.

»West. Das alles steht in Verbindung miteinander. Deine Albträume, deine Narben. Dass du mich hier einsperrst.« Mittlerweile ist sie den Tränen nahe.

»Wieso bist du damals gegangen?« Ihre nächste Frage sorgt dafür, dass die Gefühle überkochen. Ich gehe rückwärts und baue Abstand auf.

»Wieso bist du damals gegangen und hast mich im Stich gelassen?« Doch je mehr sie mich in die Enge treibt, desto gewillter bin ich, ihr einfach alles anzuvertrauen.

Aber ich weiß, dass es nicht geht. Ich bin einen Pakt mit dem Teufel eingegangen, jetzt muss ich in der Hölle schmoren. Ohne etwas zu sagen, lasse ich Ivory in der Küche zurück und stelle mich unter die kalte Dusche. Ich muss endlich aufhören, zu brennen.

IVORY

West ist nicht wiedergekommen. Stattdessen hat er die Wohnung verlassen, ohne noch etwas zu mir zu sagen. Frustriert schiebe ich das frische Rührei auf meinen Teller und setze mich mit ihm bewaffnet auf die Couch. Doch auch, wenn ich mordshungrig bin, bekomme ich kaum einen Bissen herunter, weil die Magensäure in mir aufsteigt. Immer wieder flammt das Bild der Striemen auf seinem Rücken vor meinem inneren Auge auf. Seine verschlossene Reaktion auf meine Fragen und sein Abgang.

Also lasse ich den halb vollen Teller auf den Glastisch gleiten und starre stattdessen nach draußen auf den Innenhof. Die Blumen blühen und die Sonne scheint gleißend am Himmel.

Als ich Schritte höre, weiß ich bereits, dass es nicht Wests sind. Und wie erwartet ist es Liana, die jetzt in den Wohnbereich stolziert, sich neben mich auf die Couch fläzt und vor meinen Augen schnipst, damit ich ihr meine Aufmerksamkeit schenke.

Dabei will ich im Moment nur eins: allein sein und verstehen, was Wests Problem ist und wieso er mir die Wahrheit verschweigt.

»Erde an Ivory?« Ich lasse bedauerlicherweise vom Anblick draußen ab und sehe sie fragend an. »Wer ist dieser Mann mit dem vernarbten Gesicht?« Liana zieht die Stirn in Falten und sieht mich an, als hätte ich den Verstand verloren. Und wer weiß, vielleicht habe ich das sogar. Momentan weiß ich gar nichts mehr. Nur, dass ich unter allen Umständen herausfinden muss, was damals passiert ist.

»Guten Morgen, Liana. Danke, dass du mir gestern West angeheizt hast, wie hast du geschlafen? Danke, ach, das freut mich -«

»Im Ernst, Liana. Wer ist dieser Mann?«, unterbreche ich ihren Monolog, was sie nur noch verwirrter dreinblicken lässt. Sie entdeckt das Rührei auf dem Tisch und bedient sich. Da ich ohnehin keinen Appetit mehr habe, lasse ich sie essen, alles besser, als es später wegschmeißen zu müssen.

»Wieso ist das so wichtig für dich?«

»Weil West mich deshalb hierhergeholt hat? Weil er sagt, dass ich nur hier in Sicherheit bin? Ich will die Gefahr kennen, vor der ihr mich schützen wollt. Ihr habt vielleicht keine Ahnung, aber in Detroit musste ich mich auch alleine verteidigen.« Liana schiebt sich noch eine Gabel in den Mund, überlegt, wie viel sie mir anvertrauen kann, und lässt den Teller auf ihren Schoß sinken. »Ihm gehört das *Golden Cage*.«

»Dass er einen Club hat, weiß ich. Aber was für einer ist das?« Anhand des Ausdrucks in ihrem Gesicht weiß ich, dass mir die Antwort nicht gefallen wird, aber ich muss es wissen. Alles, was West mir verheimlicht, könnte ich durch sie erfahren. Und je mehr ich über ihn erfahre, desto bewaffneter bin ich, wenn er mich das nächste Mal stehen lassen will.

»Ein ziemlich übler, wenn du mich fragst. Er hat schon mehrere Frauen aus unserem Club zu sich geholt. Die meisten davon habe ich nie wieder gesehen.« Sie zuckt mit den Schultern.

»Sind sie tot?«

»Nein. Aber sie werden wie die Tiere bei ihm gehalten, Ivory. Der Schuppen heißt nicht ohne Grund *Golden Cage*. Die Frauen müssen mit den Freiern vor den Augen aller Besucher Sex haben. Wir haben immer noch die Diskretion in den separaten Räumen. Bei ihm gibt es keine Regeln, solange das Geld stimmt. Da sind Frauen keine Menschen, sondern Ware. Und vertrau mir, dass du nicht als Tristans Ware enden willst.«

Allein der Gedanke daran vertreibt auch den Rest meines Hungers. Tristan … ich habe diesen Namen schon seit Ewigkeiten nicht mehr gehört.

Genau genommen … seit diesem einen Tag. Der Tag, an dem West mich verlassen hat. Mir wird übel und ich würde gern die ersten Bissen wieder auskotzen.

Tristan ... Das muss ein Zufall sein. Oder? Das kann nicht ... unter keinen Umständen kann meine Vermutung auch nur im Ansatz stimmen.

Während Liana weiter frühstückt, als wäre das Thema kein unheimliches. Ich will mir kaum ausmalen, was sie alles in ihrem Leben schon sehen musste.

»Wie gesagt. West will dich bloß davor bewahren, dass du ein Teil davon wirst. Ich weiß nicht, was er gegen ihn in der Hand hat, aber ich weiß, dass West nahezu machtlos ist. Je weniger er über dich weiß, desto besser, vertrau mir.«

»Ist dieser Club auch in New York?« Ich brauche mehr. Mehr Informationen. Mehr Futter für meine Kanone. Mehr, um mir sicher zu sein, dass sie nicht von dem gleichen Monster redet wie ich. »Unweit von hier, ja. Die Clubs stehen in direkter Verbindung zueinander, nur, dass unserer einen deutlich besseren Ruf aufweist. Aber glaub mir einfach, dass es das Beste ist, wenn du für ein paar Tage hierbleibst, bis sich das Feuer wieder gelegt hat. Die Neuen sind immer nur so lange interessant, bis es noch Neuere gibt. Und da eine der *Blacks* daran denkt, aufzuhören, brauchen wir eine Neue.« Sie schiebt sich das letzte Stück Ei auf die Gabel und hält sie mir hin.

»Komm schon, du fällst sonst vom Fleisch.« Und weil ich weiß, dass sie es nur gut mit mir meint, öffne ich den Mund und zwinge es mir herunter, obwohl jeder Bissen einen bitteren Geschmack mit sich bringt.

»Ich wollte dir auch eigentlich nur Bescheid sagen, dass Bruce nachher kommt und die neuen Sicherheitssysteme installiert.« Mit diesen Worten steht sie auf und bringt das Geschirr in die Küche.

»Wer ist Bruce und was für Systeme?«, rufe ich ihr hinterher. Liana schüttelt kaum merklich den Kopf, was bedeutet, dass die Fragestunde vorbei ist und ich nicht mit mehr Informationen an diesem Morgen rechnen kann. Es ist, als würde sie mir nur Brotkrumen hinwerfen, ohne mir ganze Scheiben zu geben.

»Glaub mir einfach, dass du hier sicher bist. Okay? Ich muss noch schnell ein paar Besorgungen machen, aber heute Abend habe ich frei.« Mit diesem Satz lässt sie mich auf dem Sofa sitzen und verlässt die Wohnung, während sich das ungute Gefühl in mir breitmacht, dass ich in größerer Gefahr schwebe, als mir lieb ist. Eines steht fest: Ich muss West finden und herausfinden, ob ich mit meinen Vermutungen richtigliege.

IVORY

Es ist schon spät am Abend, als ich beschließe, die Dinge selbst in die Hand zu nehmen. West ist immer noch spurlos verschwunden, meine Anrufe hat er bis jetzt ignoriert und auf Liana kann ich nicht zählen, solange sie noch Schicht hat. Also werde ich mein kurzzeitiges Gefängnis wieder verlassen, auch wenn mich beide vehement darum gebeten haben, es nicht zu tun und ihnen zu vertrauen. Wie soll ich ihnen vertrauen, wenn sie mir nur die halbe Wahrheit erzählen und mich die ganze Zeit mit unbrauchbaren Informationen abspeisen? In Detroit habe ich gelernt, für mich selbst zu kämpfen, anstatt anderen Menschen mein Leben in die Hand zu geben. Wieso sollte New York mich in etwas verwandeln, was ich nicht sein will?

Vorhin war ein Kerl hier, der neue Schlösser eingebaut und Kameras installiert hat, jetzt bin ich allein und klügle einen Plan aus, wie ich West am besten dazu bringe, mir endlich die Wahrheit zu sagen. Früher hat er mir alles gesagt, jetzt muss ich ihn mit allen Mitteln dazu bringen. Mir die Haare raufend, laufe ich im Flur auf und ab, während immer wieder die Augen dieses Mannes vor mir auftauchen.

Ich hätte seine Augen erkannt. Oder? Den ganzen Tag schon plagen mich Zitteranfälle, wenn ich nur daran denke, dass ich der Wahrheit näher bin als zuvor. Ein letztes Mal krame ich mein Handy heraus und wähle seine Nummer, in der Hoffnung, er würde dieses Mal abnehmen und mir erklären, wieso er mir aus dem Weg geht. Doch wie erwartet, springt seine Mailbox direkt an, und somit gibt er mir den letzten Anstoß, den ich gebraucht habe.

In Windeseile habe ich mir eine Strickjacke übergezogen, damit mir nicht mehr so kalt ist, habe meine Turnschuhe angezogen und stürme voller Tatendrang zur hinteren Tür, die vom Wohnbereich direkt in den Flur des Clubs führt.

West muss mir wirklich vertrauen, dass ich hierbleibe, immerhin ist die Tür nicht verschlossen, und so befinde ich mich Sekunden später wieder auf dem Gang des Clubs, der seine Wohnung mit dem Laden verbindet.

Die Bässe dröhnen gedämpft zu mir herüber, und als ich schließlich die Abzweigung erreiche, bei der es nach rechts auf den Hof geht, nehme ich den linken Weg, der zur Bar und somit zu Wests Büro führt. Keine Ahnung, ob er überhaupt in seinem Büro ist, aber es gibt nur einen Weg, es herauszufinden. Doch gerade, als ich nach der Türklinke greifen will, presst sich etwas Schwarzes auf meinen Mund. Panisch schlage ich um mich, und als ich das schwarze Etwas als einen Lederhandschuh identifiziere, der mir die Luft nimmt, kocht das Blut in meinen Adern.

Jemand zerrt mich ruppig nach hinten, und als ich mit dem Rücken gegen etwas Hartes stoße und einen schweren Atem an meinem Hals spüre, werde ich fast bewusstlos. Ein Duft umgibt mich, der mich völlig bewegungsunfähig macht.

»Wen haben wir denn da?« Das erste, was ich verspüre, ist Ekel. Das zweite, was mich überkommt, ist Angst. Mit aller Macht versuche ich, mich umzudrehen, aber dann spüre ich etwas Spitzes, das sich in meinen Arm schiebt.

Es dringt durch meine Jacke hindurch und gleitet wie durch Butter in meine Haut. Mit Leichtigkeit setzt mich die Flüssigkeit innerhalb weniger Wimpernschläge außer Gefecht. Wests Name liegt auf meinen Lippen, aber ich kann ihn nicht aussprechen, damit er mir zu Hilfe kommt.

Mein Blick vernebelt sich, aber meine Gedanken … Meine Gedanken sind immer noch klar. Tristan … er ist es. Und er ist hier, um mich zu holen.

***

Ein starkes Ruckeln unter mir lässt mich die Augen aufschlagen. Gefolgt von einem ohrenbetäubenden Geräusch, das ich nicht zuordnen kann. Ich versuche, die Lider offen zu halten, um zu sehen, wo ich bin, aber sie fallen immer wieder einfach zu. Ich bin machtlos gegen die Schwäche meines Körpers und gegen die Kopfschmerzen, die mich plagen.

»Wo bin ich?«, krächze ich. Meine Lippen sind trocken, mein Arm schmerzt und ich weiß noch ganz genau, was als Letztes passiert ist. Ich erinnere mich noch haargenau an mein Vorhaben, West in seinem Büro aufzusuchen. An den Handschuh vor meinen Lippen. An seine Stimme. Seinen Duft. An die Erkenntnis, wie blind ich durchs Leben gelaufen bin, weil ich ihn nicht sofort erkannt habe.

Mein Verstand ist klar, aber mein Körper nicht. Wie ein nasser Sack liege ich hier. Wo auch immer ich bin. An meinem Bauch fühlt es sich kalt an und ich tippe auf Leder. Das Ruckeln wird noch einmal stärker, und dann spüre ich, wie wir abheben. Ich bin erst einmal in meinem Leben in einem Flugzeug gewesen, aber ich erinnere mich noch ganz genau an dieses Gefühl, wenn der Flieger abhebt. Und genau dieses Gefühl erlebe ich gerade.

»Cotrell, ich muss meinen Besuch leider verschieben. Mir kam etwas dazwischen.« Wieder diese dunkle Stimme, die mir damals so viele schlaflose Nächte beschert hat. Telefoniert er mit ihm?

»West«, krächze ich schlapp, in der Hoffnung, er würde mich hören. Mit aller Macht schlage ich die Augen auf. Dieses Mal sehe ich, dass ich wirklich in einem Flieger sitze. Die Ventilatoren über meinem Kopf rotieren schnell und hektisch. Das kleine Fenster neben mir ist abgedunkelt, sodass ich nicht nach draußen sehen kann.

Meine Augen flattern, und dann schiebt sich ein Gesicht in mein Sichtfeld. Seine Narben haben tatsächlich dafür gesorgt, dass ich ihn nicht erkannt habe. Aber seine Augen, seine Augen erkenne ich dieses Mal sofort. Wie konnte ich das nicht bei unserer ersten Begegnung an der Bar sehen? Wieso habe ich ihn nicht sofort erkannt? Dann wäre ich längst geflohen, soweit es das Geld in meinem Schrank im Apartment zugelassen hätte.

»Tristan«, murmle ich und seine Lippen verziehen sich zu einem Lachen, das stumm bleibt. Seine Hand umfasst mein Gesicht und ich bin zu schwach, um mich zu wehren. Alles, was ich will, ist, diesen Mann unter der Erde zu sehen. Alles, was ich tun kann, ist, mich meinem Schicksal zu überlassen, weil ich die Schwächere von uns bin.

Damals wie heute, auch wenn mittlerweile zehn Jahre vergangen sind. Die Zeit hat vielleicht geholfen, die Wunden verheilen zu lassen, aber sie hat nicht ausgereicht, um zu vergessen. Wie oft habe ich gesehen, wie meine Mutter an ihm zerbrochen ist. Wie oft hat sie ihm jeden Schlag verziehen. Und selbst, als ich in seine Schusslinie geriet, hat sie an ihrer krankhaften Liebe festgehalten.

»Sieh an, wer sich plötzlich an mich erinnert.« Mit jedem Blinzeln wird die Wahrheit bunter. Und somit gefährlicher. Ich bin bei ihm. Wieso? Ich verstehe nichts mehr. Damals hat er sich einfach aus dem Staub gemacht. Wieso will er mich jetzt? Was will er von mir, nachdem er von heute auf morgen aus unserem Leben verschwunden ist?

»Wo bringst du mich hin?« Meine Mundwinkel brennen und die Stelle an meinem Arm, an der er mir die Spritze reingejagt hat, schmerzt höllisch. Tristan legt den Kopf schief und beim Anblick seiner Visage will ich mich auf ihn übergeben. Sein Daumen streicht über meine Wange.

»Wo du hingehörst, Ivory. Es geht nach Hause.« Sein dreckiges Lachen wird dunkel und sein Anblick erinnert mich an Wests Worte … Der Teufel.

Meinte er ihn damit? Gedanken überschlagen sich, und bevor ich eins und eins zusammenzählen kann, durchkreuzt er meine Pläne. Mit einem heftigen Schlag in mein Gesicht falle ich zurück in die Schwärze. Und kann nur hoffen, dass ich in der Dunkelheit eine Lösung finde, die mich von hier wegbringt, bevor alles zu spät ist.

WEST

»WO IST SIE?« Liana erstarrt vor mir zu einer Skulptur, nur die Tränen in ihren Augenwinkeln verraten mir, dass sie noch Gefühle in sich hat. Mein Herz schlägt mir bis zum Hals, und auch wenn ich dachte, ich sei mittlerweile abgestumpft, brennt Panik in mir.

»Liana … wo zur Hölle ist sie?« Bis eben hatte ich meine Wut nicht unter Kontrolle, doch jetzt, mit jeder Sekunde, verwandelt sich die Wut weiter in Angst. Was, wenn er sie hat? Was, wenn ich zu spät sein werde? Wenn ich sie dieses Mal nicht retten kann?

»Ich w-weiß es nicht. Als ich heute morgen bei ihr war, hat sie mir Fragen zu Tristan gestellt. Ich habe ihr nur gesagt, dass sie hier sicher ist.« Wenn Worte wie Schläge sein können, dann treffen mich ihre gerade mit der geballten Faust. »Sie hat nach *ihm* gefragt?« Ich balle die Hände und versuche, in meinem Kopf ein klares Schlupfloch zu finden, in dem ich nach einer Lösung suchen kann, aber die Gedanken sind zu wirr. Egal, welchen Gedankengang ich verfolge, ich komme nicht weit, weil er sich in der Schwärze verläuft. Mein Kopf ist eine Sackgasse.

»Ja. Aber ich habe ihr doch gesagt, dass sie hier in Sicherheit ist, und dass sie nur so lange in Gefahr ist, bis wir eine neue *Black* eingestellt haben. Ich habe ihr nicht gesagt, dass sie sich aus dem Staub machen soll!« Liana will nach meinem Arm greifen, aber ich schüttle sie ab, weil ich ihre Nähe nicht gebrauchen kann.

»Hast du ihr seinen Namen verraten?« Ich bete zu Gott, dass Liana verneint, aber als sie nickt, verbrenne ich mich an den Konsequenzen ihrer Worte.

Mit einem Satz habe ich Liana von mir weggestoßen, stürme in den Wohnbereich und wähle Bruce' Nummer. Er nimmt sofort ab, weil er den ganzen Tag nichts anderes zu tun hat.

»West. Welche Ehre. Zufrieden mit der Installation?«

»Ob ich zufrieden bin?«, schreie ich ihn an. »Deine Marionetten haben den Hinterausgang, der in den Club führt, vergessen! Wozu bezahle ich dich Nichtsnutz überhaupt noch?« Und jetzt ist sie weg. Nur der rote Koffer in ihrem Schlafzimmer erinnert noch daran, dass sie wirklich hier war. Und daran, dass ich dieses Mal versagt habe. Nach all den Dingen, die ich für sie in Kauf genommen habe, stehe ich wieder am Anfang.

»West«, murmelt Bruce viel zu gelassen dafür, dass ich ihm gern eine Kugel zwischen die Augen jagen würde. »Wir hatten uns auf zweihundert Riesen geeinigt, bei mir kamen aber nur Einhundertachtzig an. Kannst du dir das erklären?«

»Die restlichen Zwanzig hättest du nach erfolgreicher Installation bekommen!« Die Antwort besteht aus einem bedauernden Lachen seinerseits.

»Tja, Cotrell. Wie lange arbeiten wir schon zusammen? Du kennst die Regeln, erst die Kohle, dann die Ware. Überweis mir den Rest und ich schicke die Jungs rüber.«

»Bruce … wenn er ihr auch nur ein Haar krümmen sollte, werde ich dich finden und deinen Schädel am Time Square aufspießen.« Da mir seine Antwort egal ist, beende ich das Gespräch und stürme nach vorne. Nur Liana hält mich zurück. »Was willst du jetzt tun? Wo sollen wir anfangen?« Dass Ivory ihr am Herzen liegt, sieht jeder Blinde. Und doch hat sie eine Grenze überschritten, als sie ihr seinen Namen verraten hat. Ich kenne Ivory. Sie muss nur eins und eins zusammenzählen, bis alle Teile zu einem Bild werden. Und ich wollte nie, dass sie das Bild sieht.

»Wir fangen im *Golden Cage* an. Und ich kann nur hoffen, dass wir noch nicht zu spät sind.« Liana nickt eifrig, und dann verlassen wir gemeinsam meine Wohnung, um uns auf den Weg zu seinem Club zu machen. Auch wenn ich nie wieder einen Fuß in diesen Laden setzen wollte.

IVORY

12 Jahre alt

Es ist dunkel in meinem Zimmer und mittlerweile haben auch die letzten Sterne am Himmel den Geist aufgegeben. Nur einer hängt noch an der letzten Ecke über mir, es ist nur eine Frage der Zeit, bis auch er abfällt und die Decke ganz trostlos ist. Die Heizung im ganzen Haus geht schon seit zwei Wochen nicht mehr, und so kralle ich mich an der einzigen Decke fest, die ich noch in Moms Schrank finden konnte.

Das leise Aufschließen meiner Tür lässt mich zusammenfahren. »Mom?« Es ist mitten in der Nacht. »Musst du nicht arbeiten?« Normalerweise kommt Mom erst früh am Morgen heim, weil sie nachts bei ihren Männern ist, um das Geld zu verdienen. Dunkle Schritte nähern sich meinem Bett, die nicht zu meiner Mutter passen, und als ich mich in ihre Richtung drehe, schnappe ich nach Luft. Der Schatten neben meinem Bett gehört nicht Mom.

»Tristan«, flüstere ich und sitze sofort im Bett. Schutzsuchend krabble ich in die Ecke und weg von ihm, aber dann setzt er sich neben mich. Die Matratze quietscht unter seinem Gewicht.

»Deine Mutter schläft. Wir wollen sie doch nicht wecken, oder?« Wieso spricht er so lieb mit mir? Die einzige Art der Konversation mit ihm besteht aus Schreien und Beleidigungen. Nur dieses Mal ... dieses Mal ist es anders. Er ist anders. Seit unserer letzten Begegnung im Wohnzimmer, als er Mom wehgetan hat, sind zwei Tage vergangen, in denen ich ihn nicht gesehen habe. Innerlich hatte ich schon gehofft, er wäre weg. Dabei hätte ich mir denken können, dass meine Mutter ihn nicht verlässt.

»Also, Ivory.« Tristan kommt dichter an mich heran, er riecht wie immer nach Alkohol, genau wie Mom. Ich presse mich noch enger in die Ecke, aber egal, was ich tue, er kommt immer näher. Der Zopfhalter rutscht mir aus den Haaren und dann verteilen sich meine hellblonden Haare auf meinen Schultern. Tristan greift nach einer Strähne und selbst in der Dunkelheit kann ich sein betrunkenes Lächeln sehen.

»Du hast schöne Haare. Viel schöner als die deiner Mutter.« Ich will, dass er aufhört. Ich will, dass er mich anschreit oder mich schlägt. Er soll bloß aufhören, so mit mir zu reden! »Generell bist du viel schöner als sie. So rein.« Ich kann nichts sagen, sondern mich nur meinem Zittern hingeben.

»Hör zu, Ivory. Ich weiß, dass wir nicht den besten Start hatten«, lallt er leicht. »Aber jetzt bist du schon fast eine Frau.« Seine Hand wandert hinab zu meinem Oberkörper.

»Du hast sogar schon ordentliche Titten für dein Alter.« Er lacht kehlig und ich spüre Tränen in meine Augen wandern. *Lass mich los!* Aber ich kann die drei Worte nicht aussprechen, weil ich plötzlich so erschöpft bin.

»Hör zu. Es gibt nur eine Variante, wie wir drei weiterhin unter einem Dach leben können. In Frieden.« Seine Hand gleitet unter mein Nachthemd, und als er meine Brustwarzen berührt, zittere ich noch stärker, während er aufstöhnt.

»Du willst doch, dass ich deine Mommy in Ruhe lasse, oder? Wie oft hast du mich darum gebeten, Kleines?« Er wandert tiefer und ich presse die Augen zusammen. Alles, was ich tun kann, ist, zu nicken.

»Also, was hältst du davon. Du sagst niemandem hiervon und ich lasse sie in Ruhe. Ehrenwort.« Seine Fingernägel fahren über meine Haut und ich wende den Kopf von ihm ab, was ihm nicht gefällt. Seine freie Hand schnappt nach meinem Kinn und er dreht es in seine Richtung.

»Verstanden?«, knurrt er jetzt wieder so, wie ich es von ihm gewohnt bin. Weil er mir höllisch wehtut, nicke ich wieder. Stumm ertrage ich die Qualen, obwohl ich schreien will. Manche Schreie sind stumm, weil ihre

Lautstärke alles nur noch schlimmer machen würde. »Gut.« Seine Hand lässt von meinem Gesicht ab, stattdessen öffnet er seinen Gürtel und zieht sich die Hose herunter, bis sie ihm in den Kniekehlen hängt. Die andere Hand liegt immer noch auf meiner Brust unter dem alten Shirt meiner Mutter.

»Oh Gott. Du hast keine Ahnung, wie lange ich diese Fantasie schon mit mir herumschleppe«, stöhnt er, und anhand der Bewegungen seiner Hand in der Dunkelheit weiß ich genau, was gerade passiert.

Gequält presse ich die Augen zusammen, lege den Kopf gegen die Wand, die zu Wests Zimmer führt, und bete dafür, dass er mich hören kann. Wenn jemand meine stummen Schreie hören kann, dann ist es West. *Bitte hör mich … bitte …*

***

Ich spüre seine Lippen immer noch auf meiner Stirn. Als Tristan fertig war, hat er mir eine gute Nacht gewünscht und mir gesagt, dass wir das morgen wiederholen.

Wie eine Schnecke liege ich eingerollt auf dem Boden, weil ich das Bett nicht mehr berühren will. Tränen laufen ununterbrochen über meine Wangen und ich fühle mich beschmutzt. Wie nach einem langen Tag draußen im Park. Das Zittern hat bis jetzt nicht nachgelassen, und nur mit Mühe schaffe ich es irgendwann, mich aufzurappeln. Automatisch wandern meine nackten Füße zum Fenster herüber, das ich zitternd aufschließe, auf das Fensterbrett krabble und mich daraufstelle.

Die kalte Nachtluft trifft auf meine nackten Beine, doch sie kann den Dreck nicht von mir nehmen. Stumme Tränen wandern über mein Gesicht, und als mein Blick zu Wests Fenster wandert, kommt mir eine Idee. Bis jetzt habe ich mich noch nie getraut, zu springen. Bis jetzt war aber auch alles anders. Ich schließe die Augen, atme tief durch, und hüpfe dann von meinem Fensterbrett auf seines herüber, so wie West es ständig macht.

Leise hocke ich mich hin und klopfe gegen sein geschlossenes Fenster, unter mir der meterhohe Abgrund. Es dauert nicht lange, bis das Licht in seinem Zimmer angeht, und als er mich entdeckt, ist er sofort bei mir, um mich hereinzulassen.

»Sommersprosse?« Er sieht verschlafen aus. Seine Haare sind wirr, seine Augen noch ganz klein. Er entdeckt die Tränen auf meinem Gesicht und nimmt mich sofort in seine Arme. Und dann weine ich mir alles von der Seele. Jedes dreckige Wort aus seinem Mund, jede Berührung seiner warmen Finger.

»Hey. Hey. Alles wird gut.« Aber ich schüttle nur den Kopf. Mein Blick wandert zu der Matratze auf dem Boden, auf der West schläft. Mehr hat er in seinem Zimmer nicht. Nur eine schäbige Matratze und eine alte

Glühbirne. Und plötzlich weine ich noch stärker, weil er mir so leidtut. West umfasst mein Gesicht und sieht mich an.

»Was ist passiert, Ivory?« Er sieht mich traurig und entschlossen zugleich an. Traurig, weil seine kleine Schwester weint, entschlossen, weil er herausfinden will, wieso. Ich habe ihm doch versprochen, immer ehrlich zu sein ... Wie konnte ich ihm das nur versprechen?

»Tristan«, flüstere ich, und allein, seinen Namen auszusprechen, lässt mich noch heftiger weinen. Meine Schultern beben unter dem Shirt, das er mir vorhin ausgezogen hat. West packt mich fester und lehnt seine Stirn gegen meine.

»Er hat dir wehgetan«, stellt er knurrend fest, und alles, was ich tun kann, ist, zu nicken. Er hat mir gedroht, dass er meine Mutter umbringen würde, wenn jemand hiervon erfährt. Wieso also erzähle ich West davon? Wieso bringe ich meine Mama in Gefahr?

»Wie oft schon, Ivory?« Er will zu viel wissen. Und ich will nicht darüber nachdenken müssen. Nie wieder. Also zucke ich nur mit den Schultern und lasse mich zurück gegen seine nackte Brust sinken. Wests Geruch gibt mir das Gefühl, zu Hause zu sein. In Sicherheit zu sein. »Hör mir zu.« Er legt seine Arme um mich und hält mich, wie jedes Mal, wenn ich traurig bin. »Ich werde nicht zulassen, dass er dir noch einmal wehtut. Okay?« Ich will nicken, aber ich bin unfähig.

»Ich werde ihn büßen lassen, Ivory. Er wird dafür bezahlen.« In dieser Nacht lag ich in Wests Armen. Fühlte mich so sicher wie schon lange nicht mehr. Solange, bis der nächste Tag anbrach ... Der Tag, an dem West gemeinsam mit Tristan für immer aus meinem Leben verschwand. Der Tag, an dem ich meinen Engel opfern musste, um den Teufel loszuwerden.

***

Der Untergrund, auf dem ich liege, ist hart. Ich will um mich schlagen, aber etwas hindert mich daran. Meine Hände ... sind das Fesseln? Panisch schlage ich die Augen auf und blinzle den Nebel vor meinen Augen weg.

»Na, schlecht geträumt?« Tristan. Das Flugzeug. Sein Schlag. Die Ohnmacht. Ich blicke um mich, entdecke die braunen Seile an meinen Hand- und Fußgelenken, die mich an dieses Bett fesseln. Ein Bett ohne Matratze.

Der Lattenrost bohrt sich in meine Haut und ich spüre wieder jeden Schmerz. Jeden einzelnen, als wäre keiner von ihnen je weg gewesen. Jede Begegnung mit ihm, als ich noch ein kleines Mädchen war. Jede Demütigung, die er mir Jahr für Jahr an der Seite meiner Mutter angetan hat.

Bis auf einen BH und meinen Slip trage ich nichts. Und auch, wenn es in diesem Raum kalt ist, zittere ich nicht einmal.

»Komm schon. Willst du deinen alten Freund nicht wenigstens ansehen?« Meine Augen schnellen durch den kahlen Raum, außer dem Bettgestell, auf dem ich liege, befindet sich nur eine Sache in dem Zimmer. Und das ist ein rostiger alter Stuhl, auf dem *er* sitzt.

Wie schon bei unserer ersten Begegnung im Club, trägt er einen schwarzen Mantel, doch dieses Mal spricht er von Angesicht zu Angesicht mit mir. Und dieses Angesicht jagt mir Schauer über den Rücken. Die Wölbungen sind an seinen Wangen am schlimmsten, doch im Großen und Ganzen ist sein gesamtes Gesicht entstellt.

»Geht doch. Jetzt erinnerst du dich also endlich an mich?« Er legt den Kopf schief und spielt mit dem Flachmann in seiner Hand. Wäre ich nicht immer noch völlig benebelt, würde ich behaupten, dass seine Finger zittern. Aber es können genauso gut auch meine wild flatternden Augenlider sein, die mir einen Streich spielen und meine Wahrnehmung trüben.

»Nun komm schon, Ivory. Ich habe dich großgezogen, zeig ein bisschen mehr Respekt«, knurrt er mich an, und als ich immer noch nicht im Entferntesten daran denke, ihm eine Antwort zu geben, bäumt er sich vor mir auf und donnert mir das Metall des Flachmanns gegen das Gesicht.

Doch mein Körper ist ohnehin mit Schmerzen übersät, sodass ich eine weitere Baustelle kaum wahrnehme. Sein Atem ist so anders als früher, sein Geruch ebenso. Nur diese dunklen Augen … sie sind immer noch dieselben. Sie erinnern mich daran, wer er ist. Wer er war. Und dass ich Gott darum angefleht habe, ihm nie wieder begegnen zu müssen. Jetzt weiß ich, dass auf Gott kein Verlass ist.

»Du hast mich nicht großgezogen. Das habe ich allein übernommen«, stelle ich klar und versuche, den Rest meiner Würde zu bewahren. Ich weiß, dass ich am Arsch bin. Und dass er sicher nicht hier ist, um mit mir über die guten alten Zeiten zu plaudern. Er will Rache. Rache ist das Einzige, was seinen Blick antreibt. Aber ich bin nicht mehr das eingeschüchterte kleine Mädchen, das ich damals war, als er in unser Leben getreten ist.

»Wenn das deine Mutter hören würde, wäre sie sicher am Boden zerstört.« Seine absurden Worte lassen mich nur lachen. »Meine Mutter hat dich in unser Leben gelassen. Von mir aus kann sie in der Hölle schmoren.« Dass ich meine Worte nicht ernst meine, weiß er auf Anhieb, aber es tut gut, sich den Frust von der Seele zu reden. Wenn auch nur für einen Moment …

»Stimmt. Deine Mutter war schon immer eine miese Schlampe.« Tristan lässt sich zurück auf den Stuhl fallen und nimmt einen Schluck seines Drinks, nachdem er den Flachmann geöffnet hat. Währenddessen kann ich den Blick nicht von seiner Visage und den Narben lassen. »Was ist mit …«

»… meinem Gesicht passiert?«, vollendet er meinen Satz. Während ich ihn mit Small Talk versuche, abzulenken, bemühe ich mich vergebens, einen Fluchtweg zu finden. Meine linke Hand kann er dank des Gestells nicht sehen, und so schabe ich immer wieder mit dem Seil an meinem Handgelenk über die scharfe Kante des Bettes. Dass ich damit die wunden Stellen darunter nur verschlimmere, ist mir egal. Ich muss hier weg. Und wenn es nach mir geht, so schnell wie möglich.

»Sagen wir so: Dein kleiner Freund hat mir damals auf seine Weise zu verstehen gegeben, dass ich die Finger von dir lassen soll. Für so einen jungen Burschen hatte er schon ziemlich erwachsene Methoden drauf, das muss ich ihm lassen.« Mir bleibt die Spucke weg.

»Moment – du sagst, West hat dir das angetan?« Unmöglich. Ich weiß, dass West ein guter Junge war. Doch noch mehr weiß ich, dass er alles für mich getan hätte. Alles. Mein Rachen ist trocken und meine Kehle braucht dringend Flüssigkeit, die er mir sicher nicht geben wird. Ich bin seine Geisel.

»Aber die viel wichtigere Frage ist doch, wieso du unser kleines Geheimnis verraten hast«, setzt Tristan hinterher, und ich versuche, den Gedanken an diese Nacht zu vergessen. Das versuche ich schon seit Jahren erfolglos.

»Weißt du – wir hätten eine Familie sein können.« War seine Stimme bis jetzt kontrolliert und nahezu freundlich, brechen jetzt alle Dämme. Tristan feuert den Flachmann gegen die Wand in meinem Rücken und ich zucke unter dem Krach zusammen. Sekunden später befindet sich Tristans Hand an meiner nackten Kehle und ich japse nach Luft.

»Du hattest nur eine Aufgabe. Eine verfickte Aufgabe, Ivory. Und du bist direkt zu deinem elendigen Freund gerannt, als hätte er Bonbons in seinen Taschen gehabt. Was hast du dir davon erhofft, hm?«

»Er wollte mich beschützen«, presse ich hervor und spüre, wie der Sauerstoff noch dünner wird. Tristan lockert den Griff, um danach noch fester zuzudrücken. Er spielt mit mir. Spielt mit meinem Überlebenswillen. Als wäre ich bloß ein Stück Fleisch und kein Mensch. Für Tristan waren Menschen nie mehr.

»Und seinen Preis hat er dafür bezahlt, richtig?« Seine vernarbte Haut ist so nah an meiner, dass ich mich übergeben will, beim Gedanken daran, sie berühren zu müssen. Und als hätte Tristan meine Überlegungen gehört, vergräbt er das verbeulte Gesicht an meinem Dekolleté und ich winde mich unter ihm.

»Was hast du ihm angetan?«, krächze ich mit dem letzten Sauerstoff, den ich in mir habe. Tristan hebt den Kopf und sieht mich musternd an. »Angetan? Nichts. Aber du weißt ja selbst, dass dein Freund schon damals seine Reize hatte, nicht wahr?« Er atmet schwer.

»Meinst du nicht, dass du damals noch zu jung für erste Liebeleien warst, hm?« Als er das nächste Mal Luft holt, ist meine so gut wie weg. Ich spanne mich am ganzen Körper an und will ihn von mir schieben, aber ich bin machtlos. Ich bin so erschöpft, dass es mir sogar schwerfällt, überhaupt die Augen offen zu halten. In Anbetracht seiner Anwesenheit würde ich sie ohnehin lieber geschlossen halten, aber so kann ich wenigstens sehen, was er mir antut.

»Auf jeden Fall hat West eine gute Nutte abgegeben, das muss ich ihm lassen. Die Frauen sind auf ihn und seine grauen Augen abgefahren, sag ich dir«, höhnt Tristan und lässt dann von mir ab, als hätte er sich an mir verbrannt.

»Wozu hast du ihn gezwungen?«, speie ich ihn an, was ihm nur umso mehr zu gefallen scheint. Tristan klopft sich imaginären Dreck vom Mantel und setzt sich an den Rand des Bettes.

»Es gibt viele Frauen, die seltsame Fetische haben, Ivory. Damals warst du noch ein Kind, West nicht mehr. Und wenn ich ehrlich bin, glaube ich sogar, dass ihm sein Job gefallen hat. Du weißt schon, jeden Tag in einer anderen Erwachsenen zu stecken, hat seine Reize, selbst für einen Engel wie ihn.«

»Du Monster!«, unterbreche ich seinen Monolog und versuche, nicht daran zu denken, dass seine Worte wahr sein könnten. Wenn das stimmen sollte … wenn West sich meinetwegen prostituieren musste … Nein!

Doch dann kommen mir die Narben auf seinem Rücken wieder in den Sinn und mir wird kotzübel. »Du hast es schon immer geliebt, Spielchen zu treiben. Wieso sollte ich dir auch nur ein Wort glauben?« Seine Hand rückt dichter an meine nackte Hüfte heran. Seine Fingerspitzen gleiten über das Tattoo, das mich immer, wenn ich es ansehe, daran erinnert, was ich für meinen Neustart in New York aufgegeben habe.

»Was für eine Verschwendung, dass du diese Flügel bei dir trägst. In meinem Club wärst du ganz sicher der Star bei den Kunden, anstatt im *Silver Wings* hinter der Bar zu versauern. Ich habe noch einen Käfig für dich frei. Als hätte ich gewusst, dass du wieder zu mir zurückkommst.«

»Du lügst. Du hast immer nur gelogen. Als du meiner Mutter sagtest, dass du uns aus dem Sumpf holst, hast du gelogen. Als du -« Seine Hand rauscht erneut in mein Gesicht, wie schon im Flugzeug, und der Schlag stoppt meine Worte.

»Hat West dir je verraten, wieso er verschwunden ist? Seltsamerweise genau einen Tag, nachdem du ihm von uns erzählt hast? Gemeinsam mit mir? Leb ruhig in deiner Scheinwelt, aber dein Retter ist nicht so unschuldig, wie du vielleicht annimmst. Wieso sollte er sonst einen Club voller Nutten haben?«

Seine Fingerspitzen wandern über meine Rippen, und als er meinen BH berührt, zieht er scharf die Luft ein. Ekel umgibt mich und kriecht durch meine Venen, weil er mir viel zu nah ist. Mit viel zu viel Verlangen in den Augen. »Weißt du … damals, als ich zu euch gekommen bin, warst du noch so klein und unschuldig. Unberührt. Keine Titten, kein Arsch. Aber jetzt. Gott, jetzt machst du mich verrückt«, säuselt er und schiebt seine Hand unter den BH. Und sie zittert tatsächlich.

»Lass mich los!« Ich will um mich treten, aber die Fesseln an meinen Beinen lassen es nicht zu. Tristan schließt die Augen und genießt das Gefühl meiner Brust in seiner Hand.

»Wir werden viel Spaß zusammen haben, Ivory. Wir müssen schließlich einiges nachholen, richtig?« Seine Augen schlagen auf, und als er die Angst in meinem Blick aufschnappt, grinst er siegessicher.

»Aber jetzt solltest du dich erst einmal von dem Flug erholen.« Seine Hand fährt ein letztes Mal über meinen nackten Bauch, bevor er aufsteht und die Tür ansteuert.

»Wo hast du mich hingebracht, du mieses Schwein?« Seine dunklen Schritte verstummen, und als er mich ansieht, wünschte ich, ich hätte ihn einfach gehen lassen. Selten haben mir Augen so viel Panik eingejagt wie seine. Damals wie heute. An manchen Sachen ändert sich nie etwas.

»Nach Hause, Ivory.« Er lacht wieder, knöpft seinen Mantel zu und lässt mich dann hier drin allein zurück. Das Licht wird ausgeschaltet, und so liege ich als Tristans Geisel in diesem Bett und habe keine Ahnung, wie ich hier wieder rauskommen soll.

WEST

»Dieser Laden macht mir eine Heidenangst.« Liana klammert sich an mich wie ein Äffchen, während ich nur eins im Blick habe: das leuchtende Logo in Form des goldenen Käfigs.

Genau wie bei meinem Club, ist die Gegend schäbig, mit dem Unterschied, dass das *Golden Cage* im Vergleich zum *Silver Wings* auch von innen niveaulos ist. Genau wie sein Besitzer. Seit wir mein Apartment verlassen haben, stehe ich unter Strom. Innerlich male ich mir schon aus, wie ich Tristan dafür büßen lassen werde … dafür, was er mir damals angetan hat. Dafür, was er Ivory als kleines Mädchen angetan hat. Und dafür, was er ihr in diesem Moment antut.

Sie geht nicht ans Handy, und auch wenn ihr Verschwinden Tausende von Gründen haben könnte, bin ich mir sicher, auf der richtigen Spur zu sein. Alles Schlechte, was ich in meinem Leben durchstehen musste, hatte etwas mit diesem Monster zu tun.

Zumindest fast.

Doch damit muss Schluss sein.

»Bist du dir denn sicher, dass sie hier ist?« Liana kann schon, seit wir aus meinem Wagen gestiegen sind, den Mund nicht halten.

»Nein. Aber irgendwo müssen wir anfangen. Und wenn ich ehrlich bin, kann ich nur hoffen, dass sie nicht hier ist. Dass sie mir einfach nur auf ihre sture Art zeigen will, dass ich sie verletzt habe.« Schon als ich das erste Mal in Tristans Club war, wusste ich, dass er mein Untergang sein würde. Jetzt, auch Jahre später, weiß ich noch, wie ich mich an diesem Abend gefühlt habe. An dem Abend, nachdem ich Ivory verlassen musste. Der Abend, der mich für immer in einen anderen Menschen verwandelt hat. Anfangs habe ich versucht, einen Weg hier rauszufinden. Bis ich bemerkt habe, dass ich in einer Sackgasse stecke. Manchmal ist es sinnvoller, sich seinem Schicksal hinzugeben, anstatt dagegen anzukämpfen.

»Hast du einen Plan? Ich meine, wenn sie da ist. Wie willst du sie da rausholen und wi-« Abrupt drehe ich mich um und halte Liana meine Hand vor den Mund, damit sie still ist.

»Ich kann nicht denken, wenn du die ganze Zeit redest. Lass uns jetzt einfach da reingehen und Tristan suchen.« Sie versteht den Ernst der Lage und nickt, sodass ich die Hand wieder herunternehme und versuche, mich zu fangen. Was in Anbetracht des

Lärms hinter uns nicht leicht ist. Es widert mich an, hier zu sein. Es widert mich an, gleich da reingehen zu müssen. Es widert mich an, weil ich weiß, dass ich früher ein Teil hiervon war. Dass mein Leben jahrelang in diesen vier Wänden stattgefunden hat, bis ich für die Frauen den Reiz verloren habe und Tristan mich anderweitig ausgenutzt hat.

»Dann lass uns gehen.« Liana packt meine Hand, als wäre es das Normalste auf der Welt und keine Premiere, und gemeinsam steigen wir die Treppen zum Eingang hinauf. Und mit jedem Schritt verwandle ich mich zurück in den siebzehnjährigen Jungen, der hier im *Golden Cage* seine Seele verloren hat.

***

Wie erwartet, steigt Magensäure in mir auf, als ich drin bin. Derselbe Geruch. Dieselben Frauen und Männer. Derselbe abgelatschte Boden. Und dieselben Käfige. Käfige, die den Frauen auch den letzten Stolz nehmen sollen, wenn sie sich prostituieren.

»Was zur Hölle machen wir hier nur?« Lianas Pokerface ist schon draußen gebröckelt, aber jetzt sieht man, wie ihr die Panik ins Gesicht geschrieben steht. Würde es nicht um Ivory gehen, wäre sie schon längst wieder weg, da bin ich mir sicher. Dass sie Ivory so schnell in ihr Herz geschlossen hat, kommt mir zugute.

»Oh mein Gott!« Sie zerrt mich in eine dunkle Ecke und sieht mich aus großen Augen an. »Ist das ... ist das Annabelle?« Huschend wandern ihre Augen zwischen mir und etwas in meinem Rücken hin und her.

Langsam drehe ich mich um und entdecke sie sofort. Annabelle hat vier Jahre lang im *Silver Wings* als *Red* gearbeitet.

Vier Jahre ... bis Tristan sie für sich wollte und in den *Golden Cage* brachte. Ich will nicht sagen, dass ihr Leben in meinem Club lebenswert war, aber immerhin hat es ihr an nichts gefehlt und sie wusste, dass sie sich auf mich verlassen kann.

»Sie ... sieht unglücklich aus.« Im selben Moment schnellen ihre Augen nach oben und sie entdeckt uns. Im Vergleich zu früher sieht sie abgemagert aus, ihre Schlüsselbeine stehen deutlich hervor und lassen sie aussehen wie ein mit Haut überzogenes Skelett.

Annabelle wirft ihre fransigen, schwarzen Haare zurück, steht von dem ungemachten Bett auf und kommt auf die Stangen des Käfigs zu.

Die Käfige machen den Laden zu dem, was er ist: einem Puff, in dem jeder alles und jeden beobachten kann.

In meinem Club haben die *Reds* Diskretion verdient, hier verkauft man mehr als nur seinen Körper. Hier verkauft man sein Leben oder man landet als Blutlache auf Tristans Büroteppich.

»West«, sagt Annabelle für meinen Geschmack etwas zu laut und hysterisch. Sie verengt die Augen, als sie Liana hinter mir entdeckt. »Und du bist auch hier, was für eine Überraschung. Wollt ihr eine alte Freundin besuchen?«

»Wie geht es dir?« Meine Frage ist unter jeder Gürtellinie, das weiß ich. Die Ringe unter ihren Augen und ihr knochiges Dasein sollten Antwort genug sein, aber ich konnte meinen Mund nicht zügeln. Annabelle umgreift fest die Stangen des goldenen Käfigs und fährt dann mit den Händen an ihnen auf und ab.

»Sieht man das nicht?« Sie reckt das Kinn. »Es geht mir bestens, seitdem du mich an Tristan abgeschoben hast.« Mit drei großen Schritten bin ich bei ihr, Liana folgt mir, auch wenn sie mehr Abstand zum Käfig hält als ich. »Ich habe dich nicht abgeschoben«, knurre ich sie an.

»Stimmt. Du hast mich verkauft. Das ist ja auch so viel besser, oder?« Ein unnatürliches Grinsen huscht über ihr kantiges Gesicht, das früher viele Männer in meinen Club gelockt hat. Sie war etwas Besonderes und meine Kunden lieben besondere Frauen, die sich von der Masse abheben wie Liana neben mir. Oder … wie Ivory.

»Du weißt, dass ich keine andere Wahl hatte, Anna.«

»Nenn mich nicht so!«, schreit sie mich an, und erst jetzt fällt mir ihr Zittern auf. »Hör mal, Annabelle. Ich weiß, wir waren nie die besten Freundinnen. Aber …

wir suchen eine Frau. Sie hat silberne Haare und trägt unsere schwarzen Flügel auf der Hüfte. Ihr Name ist Ivory«, mischt sich Liana ein.

Während meine alte *Red* immer noch ihren dürren Körper gegen die Stangen drückt und uns abwesend ansieht. Ich bin mir nicht einmal sicher, ob sie zugedröhnt oder einfach nur müde ist.

»Noch nie von gehört.« Sie zuckt mit den Schultern, aber Liana gibt nicht auf. Sie kramt ihr Handy hervor und zeigt ihr ein Bild von Ivory, bei dessen Anblick sich alles in mir dreht. Sie ist jetzt seit mindestens zwei Stunden verschwunden. Zwei Stunden können ausreichen. In zwei Stunden kann man jemanden brechen, vor allem wenn man Tristan Grimes heißt.

»Bist du dir sicher?« Mit der Zunge schnalzend schüttelt sie den Kopf. »Hast du wieder eine Frau verkauft und willst sie jetzt aus der Hölle befreien?« Spitzbübisch zieht sie einen Mundwinkel nach oben, streckt ihren Finger aus und winkt mich damit zu sich heran. Ich nähere mich den Gitterstäben, und als Annabelle mich am Kragen meines Hemdes packt und an den Käfig zieht, lasse ich es geschehen. Die Stangen drücken sich in die Haut an meinem Hals und ihr Atem riecht nach Minzkaugummis. Die Alkoholfahne können sie aber nicht verstecken.

»Hier kommt keiner mehr raus, West. Einmal in Tristans Fängen, immer in Tristans Fängen. Schon vergessen? Du solltest doch am allerbesten wissen, wie es als Tristans Schlampe ist«, säuselt sie mir ins Ohr und lässt dann kichernd von mir ab. Im selben Moment tritt ein Kerl hinter mich, der mich zur Seite schiebt, einen Schlüssel ins Schloss des Käfigs steckt und ihn betritt. Annabelle lässt Liana und mich hier stehen, um sich vor unseren Augen um ihren Kunden zu kümmern.

»Na, wollt ihr zusehen? Ich bin immer noch sehr biegsam.« Wieder lacht sie, und als Nächstes sehe ich dabei zu, wie der Kerl seine Hose öffnet, Annabelle unsanft aufs Bett stößt und sich über sie beugt, um sich brutal in sie zu schieben. Ihre leeren, fast toten Augen sehen dabei unverwandt in meine. Früher haben sie immer ein Funkeln in sich getragen, jetzt ist davon nichts mehr übrig.

»Komm, wir gehen weiter.« Liana hält mich davon ab, den Laden in Kleinholz zu verwandeln, als sie mich weg von dem Käfig und weiter hinein in den Club führt. Doch egal, wie laut die Musik hier ist und wie viel nackte Haut sich an mich drückt … mir gehen Annabelles Worte nicht mehr aus dem Sinn. Und plötzlich ist mir bewusst, dass ich Ivory hier nicht finden werde und dass wir hier nur Zeit verlieren, die wir nicht haben.

»Sie ist nicht hier«, sage ich zu Liana, aber sie scheint mich nicht zu hören und stolziert weiter durch die Menge. »Liana! Sie ist nicht hier!« Damit packe ich sie an der Schulter und stoppe sie.

»Was? Wieso denkst du das?« Verwirrung liegt in ihrem Blick, neben der Angst, die von Minute zu Minute, in der wir im Dunkeln tappen, größer wird.

»Tristan will Ivory, mehr als alles andere. Er weiß, dass ich hier als Erstes nach ihr suchen würde. Und dass ich ihn umbringen würde, wenn er ihr auch nur ein Haar krümmt. Er ist ein Wichser, aber er ist gerissen. Sie ist nicht hier, vertrau mir.« Auch wenn mich die Wahrheit alles andere als zufriedenstellt.

»Und was bedeutet das jetzt? Wo sollen wir sie suchen, wenn wir keine Ahnung haben, West?« Ihre Unterlippe zittert und nur mit Mühe schaffe ich es, noch meine Fassung zu wahren. Ich deute in Richtung Ausgang, was Liana erleichtert die Schultern senken lässt.

»Ich muss nur die richtigen Knöpfe bei ihm drücken. Vertrau mir.« Bässe pulsieren im Club, das Stöhnen der Frauen in den Käfigen wird lauter und ekstatischer. Als wir am ersten Käfig vorbeikommen, schnellen meine Augen automatisch zu Annabelle. Sie kniet vor dem Mann, der ihre Haare ruppig nach hinten reißt, um ihren Blowjob zu kontrollieren. Dass sie Schmerzen hat, sieht jeder Blinde. Dass sie sich längst aufgegeben hat, auch. Der Kerl schließt genießend die Augen und öffnet seinen Mund zu einem Stöhnen. Angewidert lassen wir von den beiden ab, und erst, als wir an die frische Luft treten, kann ich endlich wieder atmen.

»Und jetzt? Wie sollen wir herausfinden, wo er sie versteckt hält?« Meine Antwort erhält sie, indem ich mein Handy aus der Innentasche meines Jacketts hole und seine Nummer wähle. Es dauert keine drei Sekunden, bis er rangeht und sein raschelnder Atem ertönt. Dieser Atem hat mir schon so viele schlaflose Nächte beschert, dass ich aufgehört habe, zu zählen.

»West«, sagt er freundlicher denn je. »Vermisst du mich etwa schon?« Liana erschauert neben mir, als ich das Gespräch auf laut stelle, sie an mich zerre und mit ihr zu meinem Auto laufe. Eines steht fest: Wir müssen von hier weg.

»Wo ist sie?« Drei Worte. Eine einfache Frage, auf die ich keine Antwort erhalten werde. »Ich weiß nicht, wovon du sprichst«, säuselt Tristan und im Hintergrund hört es sich an, als würde er ein Messer schleifen. Sofort male ich mir die schlimmsten Bilder aus. Sehe Ivory vor mir, blutend. Sehe seine Hände auf ihrem Körper. Sehe Dinge, die ich mir nicht mal in meinen schlimmsten Albträumen vorstellen will.

»Ich weiß, dass du sie hast. Und ich schwöre dir bei Gott, dass ich dich umbringen werde, wenn du ihr wehtust.« Jeder andere Kerl würde meine Drohung zumindest ernst nehmen, aber nicht er. Er weiß, dass ich nur seine Marionette bin. Immer seine Marionette war. »Ach, Cotrell. Hast du aus der Vergangenheit noch nichts gelernt? Du hast deine kleine Freundin damals im Stich gelassen, um mit mir zu gehen. Und in diesem

Moment hast du sie freigegeben«, verdreht er die Tatsachen. »Ich habe sie nicht freigegeben! Wir hatten einen Deal. Ich gehe mit dir und du verschwindest aus ihrem Leben!« Mittlerweile haben wir den Wagen erreicht. Liana steigt neben mir ein und knibbelt nervös an ihren Fingerspitzen herum.

»Und ich habe mich an den Deal gehalten. Aber jetzt ist SIE in MEIN Leben gestolpert. Und das ändert alles. Du hattest deinen Spaß, jetzt bin ich an der Reihe, immerhin haben wir viel nachzuholen, meinst du nicht?« Das leise Wimmern von Liana macht den Tornado in mir nicht besser.

»Du willst unbedingt wissen, wie dein Hirn auf dem Boden aussieht, oder?« Wieder nur ein kehliges Lachen seinerseits. »Cotrell. Du bist in New York. Wir nicht. Genau genommen, statten wir gerade unserer Vergangenheit einen Besuch ab. Und jetzt entschuldige mich, aber Ivory schreit schon nach mir.« Im nächsten Augenblick ist die Leitung unterbrochen. Donnernd schlage ich meine Faust gegen das Lenkrad und genieße den Schmerz an meinen Fingerknöcheln.

»Öffne das Handschuhfach, Liana.« Meine Anweisung befolgend, reißt sie es auf und schnappt nach Luft. »West, was zur Hölle …?«

»Hol sie heraus.« Wie aufgetragen, nimmt sie den Revolver an sich und betrachtet ihn ehrfürchtig. Ich starte meinen Wagen und verlasse mit quietschenden Reifen die Straße.

»Wo fahren wir hin?« Ich hole das letzte aus dem Wagen heraus, sobald wir den Highway erreicht haben und bringe das Auto an seine Grenzen, während ich mir ausmale, was ich mit Tristan anstellen werde, wenn ich ihn in die Finger kriege.

»Zum Flughafen«, antworte ich schmallippig. »Und wo fliegen wir hin?« Liana fährt anmutig mit den Fingerspitzen über den Revolver und versinkt in ihren Gedanken. Und ich weiß genau, was ihr durch den Kopf geht. Jedes Mal, wenn ich eine Waffe in der Hand halte, durchzuckt mich Adrenalin. Nur, dass es dieses Mal um viel mehr als nur den Kick geht.

»Detroit.«

IVORY

Der Raum ist dunkel, seit Tristan mich allein gelassen hat. Seit wann ich schon hier liege, kann ich nicht sagen, weil sich mein Zeitgefühl schon lange verabschiedet hat. In einem Augenblick glaube ich, dass es erst wenige Stunden sind. Doch dann spüre ich die wunden Stellen unter den Fesseln und die Zeit kommt mir viel länger vor.

Schwere Schritte vor der Tür lassen mich zusammenfahren, und als er den Raum betritt und die Glühbirne an der Decke anschaltet, sehe ich direkt in sein vernarbtes Gesicht. Dieses Mal trägt er lediglich ein Hemd und eine lockere Anzughose, von seinem Mantel fehlt jede Spur. Und noch immer frage ich mich, wo wir sind und was genau er von mir will.

»Du bist ja wach«, sagt er erfreut. In seiner linken Hand hält er ein Glas mit Wasser, das ich lechzend anstarre. Mein Rachen brennt und ich bin fast am Verdursten.

»Wasser«, murmle ich benommen. Tristan kommt zu meiner Liege herüber, setzt sich auf den Stuhl vor mich und stellt das Glas am Boden ab, um sich genüsslich und in aller Ruhe die Hemdärmel nach oben zu krempeln.

»Wasser«, wiederhole ich krächzend, aber er schüttelt nur bedauernd den Kopf. »Nicht so voreilig. Erst einmal musst du mir ein, zwei Fragen beantworten.« Arrogant lehnt er sich auf dem rostigen Stuhl zurück.

Wir müssen uns in einem der oberen Stockwerke befinden, sodass uns von draußen niemand sehen kann. Niemand sieht, was er mit mir macht. Niemand sieht mich. Nur seine braunen Augen starren mich gierig an und sein Anblick jagt mir immer noch Panik durch den Körper.

»Was hast du in New York verloren, Kleines?« Kleines ... Läge mein Mageninhalt nicht schon am Boden neben mir, würde ich ihm jetzt vor die Füße kotzen. Tristan scheint mein Erbrochenes nicht einmal zu bemerken, seine Augen lassen nicht von meinem Gesicht ab.

»Ich wollte den Job«, antworte ich ehrlich, auch wenn jedes Wort in meiner Kehle brennt. Wenn ich in meiner Kindheit eines gelernt habe, dann, dass es keinen Sinn hat, Tristan anzulügen. Jedes Mal, wenn ich ihm etwas vorgemacht habe, war die Strafe noch schlimmer. Er hat versucht, mich zu brechen, und hätte ich West nicht an meiner Seite gehabt, hätte er es auch geschafft. »Und dafür kommst du extra von Detroit nach New York?« Seiner Miene sieht man an, dass er mir noch nicht glaubt. Und wenn ich ehrlich bin, weiß ich selbst nicht, was ich mir noch glauben kann.

»Mich hat nichts in Detroit gehalten.« Und das ist die Wahrheit. Meine Mutter hat sich nach Tristans Verschwinden den nächsten Mann gekrallt, der ihr nicht guttut, und die Männer, mit denen ich zusammen war, haben mich wie Ware behandelt. Im Prinzip habe ich die letzten Jahre sinnlos damit verschwendet, meinen Platz in der Welt zu finden.

»Nicht einmal deine Mutter?« Früher hätte ich ohne Umschweife behauptet, dass Tristan nie wahre Gefühle für sie hatte, aber jetzt trägt er einen Ausdruck in seinen Augen, der mich fast um den Finger wickelt. Wenn ich nicht wüsste, was für ein Monster mir gegenübersitzt.

»Meine Mutter kämpft jetzt für sich allein.« Und ich bin mir sicher, dass sie froh ist, mich los zu sein. Sie hat es gehasst, mit der Wahrheit konfrontiert zu werden, jetzt kann sie ganz und gar in ihrer Scheinwelt voller Koks und Freiern versinken, ohne dass ich ihren Moralapostel spiele. Ich habe aufgehört, sie retten zu wollen.

»Genau wie du, hm?« Er sieht sich im Raum um. »Oder wo ist dein Retter in Not, wenn du ihn brauchst? Ich sehe ihn nicht.« Der Gedanke an West hält mich am Leben, auch wenn ich kaum glaube, dass Tristan mich gehen lassen wird. Geschweige denn, dass West mich finden wird. »Er wird mich holen«, sage ich verbissen und versuche, selbst daran zu glauben. Dabei bin ich mir nicht einmal sicher, ob ich ihm genug bedeute … Wir sind im Streit auseinandergegangen, weil ich zu viele Fragen gestellt habe.

»Wir werden sehen.« Tristan hebt das Glas auf und setzt sich anschließend auf die Bettkante neben mich. Direkt auf den Lattenrost, der sich in meine nackte Haut bohrt. Ich bäume mich auf, um dem Wasser näher zu kommen, aber er zieht es in letzter Sekunde wieder weg. Er liebt Spiele. Und ich bin seine neueste Errungenschaft.

»Moment … eine Frage hätte ich da schon noch«, säuselt er, und beim Anblick seiner Narben verspüre ich wieder den Wunsch, mich zu übergeben. Tristan beugt sich über mich, sodass ich erneut seinen Duft inhalieren muss und ich mich an seiner Nähe verbrenne.

»Wieso, Ivory …« Er atmet tief ein und ergötzt sich an meiner Angst. »Wieso hast du damals unser kleines Geheimnis verraten? Wieso bist du zu West gerannt und hast ihm davon erzählt? Von uns?« Seine freie Hand wandert zwischen meine Schenkel, und als er sie auf mein Höschen drückt, winde ich mich vor Ekel.

»Weißt du, was für einen Spaß wir zusammen hätten haben können? Damals warst du noch unberührt. Und jetzt … jetzt bist du bloß noch Mangelware.« Schmerz durchzuckt mich, als er meinen Slip zur Seite schiebt und mit zwei Fingern in mich eindringt. Ich wimmere und werfe den Kopf von links nach rechts, um seinen Blicken auszuweichen. Seine Nase streicht über meinen Hals und ich spüre Tränen in meine Augen schießen. In meinem Leben musste ich schon einiges aushalten, aber diese Demütigung schleudert mich sofort zurück in diese Nacht, in der Tristan einen Schritt zu weit gegangen ist.

»Sieh mich an.« Seine Aufforderung ignorierend, presse ich die Augen zusammen. »Sieh. Mich. An.« Im nächsten Moment spüre ich kaltes Wasser, das er mir ins Gesicht schüttet. Keuchend reiße ich den Mund auf und winde mich weiter, als er tiefer in mich eindringt.

»Sieh dir an, was du mir angetan hast.« Das Glas zersplittert an der Wand hinter mir, und im nächsten Moment hält Tristan mir eine Glasscherbe gegen die Kehle. Also öffne ich flatternd die Augen und sehe ihn an. Sehe jede Narbe. Jedes Zeichen. Jede Erinnerung. Sehe, was West ihm für mich angetan hat. Um mich zu retten. Jahrelang dachte ich, er hätte mich einfach im Stich gelassen, aber jetzt zu wissen, was er meinetwegen durchmachen musste, nimmt mir die Luft zum Atmen.

»Du hast mir das angetan.« Neben der Wut in seinem Blick sehe ich noch etwas in seinem Gesicht. Etwas, das ich nicht richtig deuten kann.

»Weißt du … wir waren eine Familie damals. Deine Mutter, du und ich. Du warst wie mein Kind. Und dann hast du dich gegen mich gestellt. Aber jetzt …« Er

209

bewegt seine Finger in mir und ich ekle mich vor mir selbst. Wie konnte ich nur nach New York gehen? Wie konnte ich Wests Wohnung verlassen, obwohl er mich nur beschützen wollte?

»Jetzt haben wir alle Zeit der Welt, die Dinge nachzuholen.« Er lächelt mich an, und wenn ich es nicht besser wüsste, würde ich behaupten, das Lächeln sei echt. Tristan zieht die Finger aus mir heraus und steckt sie sich anschließend in den Mund, was meinen Magen zum Überstülpen bringt.

»Du solltest dich jetzt noch etwas ausruhen. Ich habe Großes mit dir vor, Ivory. Großes mit uns vor, bevor wir dich in meinen Club bringen.« Er gibt mir einen Kuss auf die Stirn, steht auf und geht elegant zur Tür, während ich nichts als Scham empfinde. Scham mir gegenüber. Scham der Welt gegenüber.

»Weißt du was, Tristan?«, flüstere ich. Er dreht sich nicht um, aber bleibt stehen. »Deine Narben zeigen nur, wie hässlich du innerlich bist.« Jeder normale Mensch würde seine Klappe halten, aber ich kann nicht. Ich kann nicht hier liegen und mich wie Frischfleisch von ihm behandeln lassen. In den letzten Jahren musste ich lernen, mich zu verteidigen. Selbst wenn dieser Kampf zum Scheitern verurteilt ist, muss ich es wenigstens probieren.

Seine Schultern beben vor Lachen, und als er sich zu mir umdreht, liegt immer noch dieses Lächeln auf seinen Lippen. Lippen, die mich berührt haben. Lippen, die ich nie wieder auf mir spüren will. Lippen, die von Anfang an nichts als Lügen auf sich trugen. »West wird mich hier rausholen«, krächze ich, ohne zu wissen, ob ich daran glauben kann. Ich weiß ja selbst nicht einmal, wo ich bin, wie soll er es dann herausfinden? Da ich nur den Himmel sehe, wenn ich aus dem Fenster blicke, kann ich mich nicht orientieren, geschweige denn, Vermutungen anstellen.

»Wird er das? Wo war er denn all die Jahre, in denen du hier verrottet bist, Ivory?« Siegessicher sieht er mich an, und allmählich beginnt sich das Bild, aufzuklären.

»Wo bin ich?« Tristan reckt das Kinn in die Höhe und deutet auf den Raum, in dem wir uns befinden. Noch immer schmückt ihn dieses arrogante Grinsen.

»Erkennst du unsere alte Wohnung wirklich nicht mehr wieder?« Mir bleibt die Luft weg. »Ich meine, siehst du nicht deine alten Zeichnungen?«

Er geht einen Schritt auf die Wand hinter sich zu und zeigt auf kindliche Kritzeleien an der Wand. Meine Zeichnungen.

Das hier … ist unser altes Wohnzimmer. Wie konnte ich das nicht sofort erkennen? Dabei liegt die Antwort ohnehin auf der Hand … als ich hier ankam, war ich kaum bei Bewusstsein.

»Willkommen in Detroit, Kleines. Ich muss nur noch deine Mutter herholen, dann ist alles wie früher. Und dann können wir gemeinsam zurück nach New York gehen und im *Golden Cage* neu anfangen.«

Grinsend lässt Tristan von der Wand ab, schaltet das Licht aus und verlässt den Raum. Während ich langsam, aber sicher realisiere, wie verloren ich bin.

LIANA

Die Straßenlaternen spiegeln sich auf dem Material des Revolvers in meinem Schoß. Der Taxifahrer wirft mir und West immer wieder verstohlene Blicke im Rückspiegel zu, die ich nicht deuten kann. Weiß er, wieso wir hier sind? Weiß er, *was* wir vorhaben?

Aber was zur Hölle haben wir eigentlich vor? Ich bin definitiv kein Angsthase, ich liebe das Abenteuer. Solange es sich in meiner vertrauten Umgebung abspielt.

Doch jetzt blinzeln mich die Gestalten in Detroits Straßen an und ich zittere am ganzen Körper, weil ich Angst um meine Freundin habe und nicht weiß, wo ich hier reingeraten bin.

Ich vertraue West blind. Aber ich weiß auch, dass seine Gefühle für Ivory stärker sind als die Loyalität mir gegenüber. Und ein lächerlich großer Teil in mir hat Angst, dass er mein Leben für sie tauschen würde. »Hat Bruce sich schon gemeldet?«, frage ich West und kralle mich am Revolver fest. Der Taxifahrer tut, als würde er

213

in seiner eigenen Blase leben, dabei weiß ich ganz genau, dass er uns belauscht. So wie er jeden Tag zig fremde Menschen belauscht und sich somit indirekt in ihre Leben einmischt.

»Noch nicht. Aber ich zahle ihm genug Geld, also wird er sich beeilen«, murmelt West, ballt seine Hand zur Faust und stützt seinen Ellbogen am Fenster ab. Sein Blick stur nach draußen gerichtet, einen seltsamen Schleier in seinen Augen, den ich in dieser Form noch nie an ihm gesehen habe.

»Du kommst also wirklich aus Detroit?« Dass West Cotrell verschlossen ist, ist kein Geheimnis. Kaum einer in unserem Club weiß mehr als seinen Namen, und auch wenn wir ein gutes Verhältnis zueinander haben, weiß ich fast nichts über seine Herkunft. Bis jetzt. Auf dem Weg hierher hat er mir Brotkrumen hingeworfen, die ich jetzt alleine zu einem Bild zusammenfügen muss. Ich weiß, dass er Ivory noch als kleines Mädchen kennt und dass sie Nachbarn waren. Bis er mit Tristan nach New York kam, um in seinem Club zu arbeiten, bevor er das *Silver Wings* eröffnete und zu meinem Boss wurde.

»Leider.« Seine knappe Antwort verdeutlicht mir, dass ich den Mund halten und ihn in Ruhe lassen sollte. Dabei brennen mir noch so viele Fragen auf der Zunge.

Den Rest der Fahrt verbringen wir mit Schweigen, und je ruhiger es hier drin ist, desto lauter nehme ich den schweren Atem des Fahrers wahr.

Mein Blick gleitet wieder herunter zu meinem Schoß. Mein schwarzer Rock bedeckt gerade so die Hälfte meiner Oberschenkel, und hätte ich gewusst, was wir hier auf uns nehmen, hätte ich mich noch umgezogen. In Detroit ist eine Frau in knappen Kleidern sicher noch leichtere Beute als in New York. Die ohrenbetäubende Stille wird erst unterbrochen, als Wests Handy klingelt. Sofort halte ich den Atem an, weil ich schon die ganze Zeit auf diesen Anruf warte.

»Was hast du herausgefunden?« Weil ich direkt wissen will, woran wir sind, schnalle ich mich ab und rutsche dichter an West heran, um Bruce verstehen zu können.

»Wir konnten ihr Handy orten«, sagt dieser für meinen Geschmack deutlich zu gelassen. Dabei weiß ich genau, wie das Business läuft. Menschenleben sind nicht viel wert. Und das von Ivory geht ihm zehn Meter am Arsch vorbei. Wests Bezahlung hingegen … Ich will gar nicht wissen, wie viel Geld er ihm für seine Dienste angeboten hat.

»Wo habt ihr es gefunden?« Ich habe den Mann neben mir noch nie so unter Strom stehen sehen wie in diesem Moment in dem schäbigen Taxi, das uns durch Detroits Geisterviertel fährt. Ich habe viel über diese Gegend gehört, aber jetzt hier zu sein, ist eine andere Hausnummer. Die Hausfassaden sind noch beängstigender als auf den Bildern. Die Menschen in den Straßen noch geheimnisvoller.

Bruce antwortet mit einem Straßennamen, den ich nicht genau verstehen kann. Dafür sehe ich umso klarer, wie Wests Blick zu Eis gefriert. Seine Fingerknöchel treten weiß hervor und mein Puls beginnt ohne Weiteres, zu rasen.

»Danke, ich weiß jetzt, wo sie sind. Check dein Konto, das Geld müsste schon drauf sein.« West beendet das Gespräch und sieht mich dann entschlossen an.

»Bist du bereit?« Sein Blick wandert auffällig zur Waffe in meinem Schoß, die ich ihm mit zitternden Fingern rüberschiebe. Ehrlich gesagt, bin ich erleichtert, sie nicht mehr bei mir zu tragen, sondern in fremde Hände abgeben zu können.

Er verstaut sie im Bund seiner Hose, legt den Kopf in den Nacken und atmet tief durch, bevor er dem Taxifahrer eine Adresse nennt, mit der ich ohnehin nichts anfangen kann.

»Wohin fahren wir?«

Schlag um Schlag wird mein Herz lauter.

Atemzug für Atemzug wird sein Blick dunkler.

Meter für Meter wird das Taxi schneller, als wüsste der Mann, dass es hier um Leben und Tod geht. Um Ivorys Leben. Oder um ihren Tod.

»Nach Hause.«

IVORY

Als Tristan das nächste Mal ins Zimmer kommt, bin ich kaum noch bei mir. Ich merke, dass er neben mir am Bett sitzt, bin aber viel zu schwach, um die Augen zu öffnen. Mein Körper hat aufgehört, zu zittern, weil ich selbst dafür zu schwach bin. Tristan führt etwas Kaltes an meine Lippen, sodass ich innerlich zurückzucke, äußerlich aber starr bleibe.

»Trink.« Instinktiv öffne ich meinen Mund und lasse mir von ihm Wasser hineingießen. Gierig schlucke ich es herunter und stöhne vor Erleichterung auf. Ich fühle mich wie nach einem tagelangen Marsch durch die Wüste.

»Gut so.« Etwas bewegt sich neben mir und dann wird das Glas am Boden abgestellt. »Weißt du, welcher Tag heute ist?« Fingerspitzen schieben mir eine schweißnasse Strähne aus dem Gesicht und wieder will mein Körper nur eines: sich übergeben. Aber ich halte den Schwall an Magensäure zurück, so gut es geht.

»Heute vor sechzehn Jahren bin ich hier bei euch eingezogen«, antwortet er an meiner Stelle. Und selbst wenn ich darüber nachdenken wollte, könnte ich es nicht. Das große schwarze Loch in meinem Kopf nimmt alles für sich ein.

»Heute vor sechzehn Jahren habe ich dich zum ersten Mal gesehen«, flüstert er ehrfürchtig. Mein Rachen ist immer noch zu trocken, also lasse ich ihn einfach reden und wünsche mich woanders hin. Weit weg von ihm. Weit weg von Detroit.

Selbst weit weg von New York und West. In diesem Moment wird mir klar, was ich wirklich will: Ich will weg. Weg von allem.

Weg von diesem Land, das bis jetzt nur Scheiße in mein Leben gebracht hat. Wenn ich es irgendwie hier raus schaffen sollte, werde ich abhauen und nie wiederkommen.

»Du warst so klein und unschuldig. Und deine Augen haben mir gesagt, dass du dir immer einen Vater gewünscht hast, Ivory.«

Einen Vater? Ich will lachen, irgendetwas sagen, das ihm den Wind aus den Segeln nimmt, aber ich kann nichts tun. Jahr um Jahr hat er mich und meine Mutter tyrannisiert, und ich will einfach nicht wahrhaben, dass jetzt alles von vorn beginnen soll.

»Ich denke, wir sollten diesen Tag feiern.« Seine Fingerspitzen wandern jetzt über meinen Arm, aber an der Stelle an meinem Handgelenk, wo ich sonst alles so intensiv wahrnehme, spüre ich jetzt nur einen leichten Druck. Ich bin taub. Selbst, als Tristan meine Hand anhebt und etwas an ihr befestigt.

»Willst du dir nicht mein Geschenk ansehen?« Seine Stimme klingt so lieblich. Als wäre er kein Monster, das mich hierhergeschleppt hat. Flatternd schlagen meine Lider auf, und das erste, was ich sehe, ist ein Funkeln an meinem Handgelenk. Das Armband ist wunderschön und doch würde ich es mir am liebsten vom Körper reißen, auch wenn es sicher das Teuerste ist, was ich je an mir getragen habe.

»Und ich habe noch etwas für dich. Wir müssen doch feiern.« Er schnappt sich etwas vom Fußende des Bettes und präsentiert es mir. Der weinrote Chiffonstoff entfaltet sich vor meinen Augen, und wenn man die Umstände außer Acht lässt, ist das Kleid wunderschön. Aber die Gegebenheiten machen es hässlich. Machen alles hässlich.

»Zieh es an und dann gehen wir aus. Ich gebe dir eine Chance, Ivory.« Das schelmische Grinsen auf seinen Lippen schreit heraus, dass er lügt. Aber dann denke ich daran, was das bedeuten könnte. Wenn wir wirklich vor die Tür gehen …

»Okay«, krächze ich und deute auf die Fesseln, die mich ans Bett ketten. Tristans Miene wird unergründlich, bevor sich ein strahlendes Lachen entfaltet, das damals sicher jeder Frau seines Alters den Kopf verdreht hätte. Mittlerweile ist von seiner

Schönheit nichts mehr übrig, weil West ihm alles davon genommen hat, um mich zu schützen. Tristan beugt sich über mich und verharrt an meinem Ohr.

»Aber merk dir eins: Ein Versuch, zu fliehen, ein Versuch, auf dich aufmerksam zu machen, und du wirst als Teppich in meinem Club enden, verstanden? Und glaube mir, im Vergleich zu meinen Kunden sind Wests Kunden Kuscheltiere.« Ich nicke atemlos und spüre, wie er mit zitternden Händen die Fesseln an meinen Armen löst, bevor er sich denen an meinen Füßen widmet. Meine Handgelenke bluten, und als er die Wunden entdeckt, schmatzt er los.

»Die sollten wir noch verstecken, oder? Zieh das Kleid an, ich hole Handschuhe für dich.« Er streicht mir wie ein Vater seiner Tochter über den Kopf und lässt mich dann hier drin allein zurück.

Eilig schlüpfe ich in das Kleid, damit ich mich nicht mehr so schutzlos und nackt fühle, und springe dann auf, um zum Fenster zu taumeln. Meine Beine fühlen sich wie Fremdkörper an, und wären da nicht die pochenden Stellen an meinen Handgelenken, würde ich behaupten, das hier ist nicht mehr mein Körper.

Ein Blick aus dem Fenster lässt mich den Atem anhalten, weil ich wieder in die Vergangenheit geschleudert werde.

Ich kenne die Auffahrt nur zu gut. Kenne diese Straße da unten. Kenne die Nachbarsgebäude und die Büsche vor dem Eingang. Und plötzlich fühle ich mich wieder wie das siebenjährige kleine Mädchen, das jeden Tag hier am Fenster saß und nach draußen gesehen hat, um sich in eine andere Welt zu wünschen. In ein Leben ohne einen tyrannisierenden Stiefvater, ohne eine cracksüchtige Mutter und mit ganz normalen Freunden.

Ich will gerade nach dem Fenstergriff schnappen, als ein Taxi unten anhält und zwei Gestalten aussteigen. Ich kann nicht viel sehen, weil ihre Gesichter im Schatten liegen, aber die Schritte des Mannes ... Das kann unmöglich sein. Oder?

Schemenhaft erinnere ich mich an den Tag, an dem ich West zum ersten Mal von hier oben beobachtet habe. Erinnere mich an seinen nach unten gesenkten Blick und seine herrschsüchtige Mutter, die ihm die Kartons in die Hand gedrückt hat, als wäre er ihr Sklave.

Denke an seine Tränen und die Schreie, wenn es wieder Streit und Schläge zwischen ihnen gab. Gerade als ich gegen das Glas klopfen und auf mich aufmerksam machen will, macht Tristan mir einen Strich durch die Rechnung. In Windeseile ist er bei mir, hat mich gegen die Wand gepresst und mir die Hand auf den Mund gedrückt.

»Du willst doch nicht, dass ich mein Vertrauen in dich bereue, oder?« Und seine Augen ... seine Augen sind noch genauso eiskalt wie damals, bevor er uns verlassen hat. Das Zittern ist wieder da, die Panik umso stärker. Also schüttle ich unter Tränen den Kopf und kann nur beten, dass meine Augen sich nicht getäuscht haben. Dass der Mann unten beim Taxi West ist, der mich gefunden hat und retten will. Dass der Albtraum gleich vorbei ist, weil er mich hier rausholen wird.

»Gut.« Sein Murmeln lässt mich wieder würgen, und als sein Blick über meinen Körper in dem Kleid schweift, würde ich es am liebsten verbrennen, nur, damit er mich nicht mehr so gierig ansehen kann. Zentimeter für Zentimeter wandert er hinab und lässt mich so meinen Körper hassen.

»Dann ziehen wir dir jetzt die Handschuhe an.« Sein Knie liegt zwischen meinen Beinen, damit ich nicht herabrutsche, und dann streift er mir erst den einen, dann den zweiten roten Samthandschuh über. Tristan führt meine Hand an seinen Mund und hinterlässt einen Kuss auf ihr.

»Wieso tötest du mich nicht einfach?« Mittlerweile sind die Tränen unaufhaltsam, und so fließen sie langsam über meine Wangen. Tristan sieht mich mit einem Ausdruck an, der Unverständnis ausdrückt. Seine Hand gleitet zu meiner Wange.

»Ich habe zehn Jahre lang jeden Tag an dich gedacht«, säuselt er und vergräbt seine Nase an meinem Hals, um meinen Duft zu inhalieren.

»Denkst du echt, dann lasse ich dich nach einem Tag bei mir einfach gehen?« Sein Grinsen vibriert an meinem Hals, und ehe ich es verhindern kann, stülpt sich mein Magen um und ich übergebe mich auf den Boden neben uns.

Tristan stützt mich und wischt mir den Speichel und die Reste meiner Magensäure von den Mundwinkeln.

»Das nächste Mal, wenn du dich übergibst, dann nur, weil mein Schwanz zu tief in deinem Rachen steckt. Und jetzt sollten wir gehen. Wir haben noch viel vor.«

WEST

»Hey, ist alles okay?« Lianas Hand halte ich in der Rechten, die Linke tastet nach der Waffe im Bund meiner Hose, die ich bis zu diesem Tag noch nicht benutzen musste. Mein Blick wandert nach links, raus aus dem Fenster und hin zu der Tür, die ich vor so vielen Jahren das letzte Mal verlassen und nie wieder betreten habe.

»Nein«, antworte ich ehrlicher denn je. Es ist nicht okay, hier zu sein. In dieser Straße zu stehen. Gleich in dieses Gebäude reingehen zu müssen. Aber ich muss. Für sie.

»Was genau ist hier passiert?« Bis jetzt hat es mich nie gestört, dass Liana viele Fragen gestellt hat. Aber ich will nicht darüber nachdenken, wie sehr dieses verdammte Haus neben uns mein Leben verändert hat, also öffne ich den Wagen und steige aus, ohne ihr zu antworten. Sie folgt mir lautlos und dann stehe ich vor dem Eingang zu meiner Vergangenheit. Das Licht ist kaputt und so ist alles dunkel, nur die Namensschilder an den Klingeln leuchten noch flackernd auf. »Wie kommen wir da rein?« Flüsternd gesellt sich Liana zu mir. Ohne länger zu zögern, gehe ich auf die Tür zu, und kann nur hoffen, dass sie – genau wie damals – offen ist. Ich presse mich gegen sie und bin erleichtert, als sie nach hinten aufspringt. Bevor wir die Etage erreichen, in der ich Ivory vermute, halte ich Liana zurück.

»Bleib hier draußen. Du wirst wissen, wenn ich dich brauche, okay?« Sie will protestieren, aber ich nehme ihr gleich den Wind aus den Segeln. »Es reicht, wenn Ivory da drin in Gefahr ist, ich kann dich nicht auch noch in seine Schusslinie bringen. Bleib einfach hier und halte mir den Rücken frei.« Ihre Augen glänzen, ob vor Rührung oder aus Angst, kann ich nicht genau sagen. Und weil sie nachgibt, sammle ich mich, gebe ihr einen Kuss auf die Stirn und lasse sie dann hier auf der Treppe stehen, um mich auf den Weg in unsere Etage zu machen.

**

Wie ein Flashback trifft es mich, als ich vor ihrer Tür stehe. Noch Jahre später weiß ich ganz genau, wie mich ihre schüchternen Augen durch den Türschlitz angesehen haben, als wir hier eingezogen sind. Gott, sie war fast noch ein Baby in meinen Augen …

Das leere Klingelschild zeigt mir, dass hier niemand mehr wohnt, doch als ich ein lautes Lachen von innen höre, handle ich automatisiert.

Mit einem festen Tritt ist die Eingangstür offen und ich finde mich im Wohnzimmer wieder. Der Raum ist bis auf eine Pritsche leer, doch als ich die gelösten Fesseln am Bettgerüst sehe, entstehen Bilder vor meinen Augen, die ich nicht wahrhaben will.

»Na, schau mal an, wer sich dazu bequemt hat, seine Prinzessin zu retten.« Hätte sich Tristans Stimme nicht schon seit meiner Jugend in meinen Kopf geätzt, wüsste ich spätestens anhand seines Glucksens, dass er es ist.

Ich fahre herum und sehe ihn, gemeinsam mit Ivory. Ihre Augen blicken panisch in meine, sie trägt ein rotes, bodenlanges Kleid und rote Handschuhe. Was zur Hölle geht hier vor sich?

»Das hättest du nicht tun sollen.« Ich will auf ihn zugehen, doch im nächsten Moment hat Tristan eine Glasscherbe gezückt und gegen ihre Kehle gehalten.

»Was hätte ich nicht tun sollen? Mir das nehmen, was schon immer mir gehört hat? Denkst du, ich habe sie nicht sofort in deinem Laden erkannt? Du wolltest sie von mir fernhalten, West, und das war dein Fehler.« Ich sollte mich auf Tristan konzentrieren, aber ich kann den Blick nicht von Ivory in seinen Armen lassen. Jeder, der sie kennt, weiß, wie kratzbürstig sie sein kann, aber in diesem Moment ist sie zerbrechlicher denn je. Mit meinen stummen Blicken versuche ich, ihr zu versprechen, dass ich sie hier rausholen werde, egal, was ich dafür tun muss.

»Sie hat nie dir gehört, Tristan. Wir hatten einen Deal.« Und dieser verdammte Deal hat meine Seele an den Teufel verkauft. Aber ich habe meine Entscheidung in keiner Sekunde bereut, weil ich so wusste, dass er sie in Ruhe lässt. Er konnte ihr schließlich nichts anhaben, wenn er bei mir in New York war.

»Deal hin oder her ... Meinst du nicht, der Deal ist verjährt? Ich meine, Ivory ist kein Kind mehr, West. Sieh sie dir doch an.« Er steht hinter ihr, vergräbt das verbeulte Gesicht in ihrem Haar und atmet tief ein. Purer Ekel steht in ihr Gesicht geschrieben und gleitet mir über den kompletten Körper.

»Sieh dir an, wie hübsch sie sich für mich gemacht hat. Glaubst du wirklich, dass sie dich liebt?« Gehässig grinst er mich an und presst sie noch dichter an sich.

»Sag es ihm, Hübsche. Sag ihm, dass du ihn nicht liebst.« Doch Ivory bleibt stumm und schließt die Augen. Ich will ihr mit jeder Faser helfen, aber ich weiß, dass ich nur eine falsche Bewegung machen muss, um Tristan in die Ecke zu drängen.

Wie eine leblose Puppe hängt sie in seinen Armen, während ich mir wünschte, sie einfach von hier wegbringen zu können. Ich will ihr eine Welt zeigen, die schöner als diese ist. Ohne Morde. Ohne Monster.

Ohne Dämonen. Aber ich weiß auch, dass ich ihr diese nicht bieten kann. Auch wenn wir es hier raus schaffen, wird sie immer in meinem Sumpf leben müssen.

»Ivory, sag es!«, schreit er sie jetzt an und presst die Spitze der Scherbe dichter an ihre Haut. »Sag ihm, dass du ihn nicht liebst!« Dass er damals von ihr besessen war, weiß ich. Aber dass er sie all die Jahre nicht vergessen konnte, wusste ich nicht.

Wir haben nie über sie und das, was in Detroit passiert ist, geredet. Stattdessen haben wir zusammen Business gemacht und alles verdrängt. Haben Geld verdient und so getan, als hätte es Detroit und dieses Haus hier nie gegeben.

Ivorys Augen schlagen auf und sehen mich tränenunterlaufen an. Sie öffnet ihre rissigen Lippen, und bereits, als der erste Ton über ihren Mund kommt, weiß ich, dass sie damit ihr Todesurteil unterschreibt. »Ich liebe ihn«, flüstert sie schwach. Ich falle einige Schritte zurück, während Tristan die Farbe aus dem Gesicht entweicht.

»Falsche Antwort, Prinzessin.« Tristan drückt die Scherbe noch tiefer in ihre Haut, sodass Ivory aufschreit.

Die Welt um mich herum gerät ins Wanken, und als ein lauter Schuss ertönt, kann ich mich kaum noch bewegen. Der Schuss geht mir durch Mark und Bein.

Alles geht zu schnell.

Jemand keucht auf.

Jemand fällt zu Boden.

Jemand schreit.

In Sekundenschnelle bin ich bei Ivory und fange sie auf, weil sie sich nicht auf ihren Beinen halten kann. Der kleine Cut neben ihrer Kehle sorgt dafür, dass das Blut an ihrem Hals hinabrinnt, und dann fällt mein Blick auf Tristan. Er liegt neben uns am Boden, das Einschussloch färbt sein weißes Hemd blutrot.

»Oh Gott«, wimmert Ivory und lässt sich in meine Arme fallen. Ich halte sie, umfasse ihren Kopf und will sie nie wieder loslassen.

Müde hebt sie das Kinn an, um an mir vorbeizusehen, und formt mit den Lippen ein lautloses Danke. Ich drehe mich um und stehe Liana gegenüber. Der Revolver liegt in ihrer Hand, als müsste er da hingehören.

Erst jetzt realisiere ich, was eigentlich geschehen ist. Mit der freien Hand taste ich nach der Waffe in meinem Hosenbund, aber sie ist weg. Wie zur Hölle konnte ich das nicht merken?

»Sorry, West. Aber ich konnte dich nicht dir selbst überlassen. In ihrer Nähe bist du wie ein anderer Mensch.« Sie zittert, lässt sich aber ansonsten nicht anmerken, was die letzten Sekunden mit ihr gemacht haben. Sie hat einen Menschen erschossen.

Und doch wissen wir alle, dass der Mann neben uns am Boden viel mehr Leid als das hier verdient hat. Er müsste jeden Schmerz durchleiden, den wir gemeinsam seinetwegen durchleben mussten, aber ein Blick in seine toten Augen sagt mir, dass wir unsere Rache nicht mehr bekommen werden.

»Danke«, sage ich gepresst und drücke Ivory noch dichter an mich. Da sie immer noch so schwach auf den Beinen ist, greife ich unter ihre Kniekehlen und hebe sie hoch.

Wie ein Schlückchen Wasser hängt sie auf meinen Armen, bettet erschöpft das Gesicht an meine Brust und schließt die Augen. Das Blut an ihrem Hals hat dieselbe Färbung wie ihr Kleid. »Bring mich von hier weg, West«, murmelt sie. »Bring mich einfach von hier weg.«

IVORY

Als ich wieder zu mir komme, liege ich auf dem weichsten Bett, auf dem ich je gebettet worden bin. Mein Kopf versinkt beinahe in dem riesigen Kopfkissen und die dünne Decke über mir ist mir viel zu warm. Ich schiebe sie ein Stück herunter und sehe die Verbände an meinen Handgelenken, die mich sofort zurück nach Detroit schicken.

Mühsam richte ich mich auf und löse erst den einen, dann den anderen Verband, um den Wunden Luft zu geben. Die roten Stellen brennen, aber es ist okay. Sie erinnern mich daran, dass ich gerettet wurde. Neben dem Bett steht ein kleiner Mülleimer, der rote Stoff des Kleides, in das Tristan mich gedrängt hat, lugt noch hervor. Ich blicke an mir hinab und stelle erleichtert fest, dass ich ein Hemd trage. *Sein* Hemd, der Duft hat ihn sofort verraten.

Vergeblich versuche ich, mich daran zu erinnern, was nach dem Schuss passiert ist, aber das schwarze Loch in meinem Kopf ist größer als je zuvor.

Das letzte, was ich noch vor Augen habe, ist West, der mich die Treppen heruntergetragen und in ein Taxi gelegt hat, bevor er dem Fahrer Scheine herübergeschoben hat, um sein Schweigen zu erkaufen. Mein Nacken fühlt sich steif an und ich nehme meinen Körper immer noch nicht ganz wahr.

Mit den Fingern fahre ich auch über die roten Stellen an meinen Fußgelenken, die zu meinem Glück nicht so tief wie die an meinen Händen sind, und als ich Wasser in die Leitung schießen höre, achte ich das erste Mal seit meinem Aufwachen auf meine Umgebung.

Ich kenne das Zimmer, auf Wests Bett hingegen habe ich noch nie gelegen. Der Raum ist schlicht gehalten, dafür aber genauso stilvoll eingerichtet wie der Rest der Wohnung. Dabei habe ich immer noch nicht ganz realisiert, dass ich wieder am Anfangspunkt angekommen bin. Hätte ich diese Wohnung doch bloß nicht verlassen …

»Du bist wach.« Liana steht im Türrahmen, und ohne, dass ich mich wappnen kann, hat sie sich zu mir ans Bett gesetzt und mich fest in die Arme gezogen. Ich vergrabe meinen Kopf an ihrer Schulter und lasse mich von ihr halten. Nach einer stillen Ewigkeit schiebt sie meine Schultern zurück und streicht mir über das Gesicht.

»Wenn du noch einmal gehst, bringe ich dich eigenhändig um. Hast du eine Ahnung, was für Sorgen ich mir gemacht habe? Sicher nicht, denn sonst hättest

du deinen süßen Arsch nie in solche Gefahr gebracht.«
Klagend sieht sie mich an. Ihr Make-up sitzt das erste
Mal, seit ich sie kenne, nicht perfekt. Und doch ist sie
immer noch eine der schönsten Frauen, die ich je
gesehen habe. Man merkt ihr kaum an, was vorhin
passiert ist. Dass sie einen Menschen auf dem Gewissen
hat. Liana ist eine Perfektionistin, sie weiß, wie sie ihre
wahren Gefühle hinter einer dicken Mauer verbergen
kann.

»Danke«, flüstere ich und kralle mich an ihrem Haar
fest. »Danke, dass du mich gerettet hast.« Sie tätschelt
meinen Rücken und hält mich wie eine Mutter ihre
Tochter. »Für dich würde ich jeden erschießen. Okay,
fast jeden, West vermutlich nicht, aber alle anderen?
Sind mir scheißegal.« Sie schiebt mich wieder zurück
und gibt mir einen Kuss auf den Mund. Doch im
Vergleich zu unserem letzten Kuss hat dieser nichts
Verruchtes an sich, es ist einfach nur ein Kuss unter
zwei Freundinnen, die einander wichtig sind. Und die
sich fast verloren hätten. Im Grunde genommen,
verdanke ich ihr mein Leben.

»Aber du solltest dich nicht nur bei mir bedanken.
Er hat alle Hebel in Bewegung gesetzt, um dich zu
finden, Ivory.« Sie sieht mich voller Ehrfurcht an. »Ich
kenne West auch schon eine Weile, weißt du? Aber so,
wie er bei dir ist … habe ich ihn noch nie erlebt. Als er
gesehen hat, dass du weg bist, sah er so leer aus …« Sie
nimmt meine Hand in ihre und streichelt meinen

Handrücken, wohl darauf bedacht, nicht an meine Striemen zu kommen. »Ich liebe ihn auch«, platzt es aus mir heraus. Vage erinnere ich mich daran, dieselben Worte schon in der Wohnung in Detroit gesagt zu haben, aber hier und jetzt – in Sicherheit – meine ich es ernster denn je. »Im Prinzip habe ich nie aufgehört, ihn zu lieben. Es hat sich einfach nur die Art der Liebe geändert. Früher war er nur mein Bruder, aber jetzt …« Lianas Augen funkeln wie Sterne, als ich ihr meine Gefühle offenbare. Und ich kann und will mir ein Leben ohne diese Frau schon gar nicht mehr vorstellen.

Sie nähert sich meinem Ohr, schiebt eine Strähne weg und flüstert mir etwas zu. »Dann geh jetzt ins Bad und sag ihm das.« Wieder streifen ihre Lippen flüchtig meine, und dann steht sie auf und tänzelt aus dem Schlafzimmer. Während ich wie ferngesteuert aufstehe, meinen Slip ausziehe und das Badezimmer ansteuere.

***

Sobald ich die Tür hinter mir geschlossen habe, umgibt mich Dampf, der aus der Dusche heraussteigt. Es riecht nach einer Mischung aus Eukalyptus-Shampoo und West.

Ich zögere keine Sekunde, stattdessen steige ich zu ihm in die Dusche, ohne dass er mich gesehen hat. Das Hemd weicht innerhalb einer Sekunde durch und klebt an meinem Körper, aber das ist mir egal. Mit den

Fingern fahre ich die Narben an seinem Rücken nach und spüre, wie er sich versteift. West steht mit dem Rücken zu mir gewandt da, seine Hand stützt sich an den Fliesen ab und sein Atem geht schnell und abgehackt.

»Was tust du hier, Ivory?« Ich will ihm ins Gesicht sehen, also schiebe ich mich in die Lücke zwischen ihm und den Fliesen und sehe ihn erwartungsvoll an. Seine silbernen Augen fahren über meinen Körper, an dem sein nasses Hemd klebt, hinab zu meinen Handgelenken. Sobald er sie sieht, errichtet er eine Mauer um sich.

»Ich brauche dich«, flüstere ich ihm ehrlich zu, lege meine Hände um seinen Nacken und stelle mich auf die Zehenspitzen, um ihn zu küssen. West gleicht immer noch einer Statue, die sich nicht vom Fleck rührt, selbst dann nicht, als ich meine Zunge zwischen seine Lippen schiebe.

Das Wasser ist warm, fast heiß, und benetzt meinen ganzen Körper. Als West den Kuss weiterhin nicht erwidert, lasse ich von seinem Mund ab und schlucke schwer. Seine Hände greifen nach meinen Armen und dann schiebt er den nassen Stoff der Ärmel nach oben, um sich die wunden Stellen genauer anzusehen.

»Er hat dir wehgetan. Wieder. Und ich konnte ihn nicht davon abhalten«, sagt er rau, sodass mich selbst unter dem warmen Wasserstrahl eine Gänsehaut umgibt.

»West.« Doch er sieht mir nicht ins Gesicht, als würde er sich vor mir schämen. Ich lege meine Hände an seine Wangen und sehe ihm in die Augen.

»Du hast mich damals gerettet. Tristan hat mir erzählt, was du getan hast. Dass du nur gegangen bist, weil das euer Deal war.« Ich will nicht schon wieder die Schwache sein und weinen, aber die Gefühle schwappen allmählich über. Der Gedanke daran, was passiert wäre, wenn er nicht rechtzeitig gekommen wäre, um mich zu holen. Was passiert wäre, wenn er damals eine andere Entscheidung getroffen hätte. Wenn er sich gegen mich entschieden hätte.

»Du hast dich zwischen deiner Freiheit und mir für mich entschieden, West.« Das erste Mal, seit ich hier bei ihm in der Dusche stehe, sieht er mich direkt an.

Seine Augen funkeln und wirken hier im Licht des Badezimmers noch heller als sonst. Ich liebe seine Augen. Liebe das helle Grau, das im Licht silbern schimmert, und den leicht blauen Rand an seinen Pupillen. West schiebt seinen nackten Körper dichter gegen meinen, was mich nur die Luft anhalten lässt. Ich spüre jeden Muskel an ihm. Jede Sehne. Und man merkt, dass er meine Nähe genauso sehr braucht wie ich seine.

»Und ich würde mich immer wieder für dich entscheiden«, antwortet er mir mit gesenktem Blick, und ohne darüber nachzudenken, presse ich mich noch dichter an ihn heran. Schon Sekunden später spüre ich seine Erektion an meinen nackten Oberschenkeln, lege meine Lippen erneut auf seine und seufze in seinen Rachen.

»Bitte, West. Lass mich kurz vergessen, was passiert ist«, flehe ich ihn an. Dieses Mal lässt er mich nicht im Regen stehen, stattdessen legt er seine Hände an meine Hüften, dreht mich mit einer fließenden Bewegung zu den Fliesen und stellt sich hinter mich.

Seine Finger fahren über meine Oberschenkel, und als er auf den Stoff des Hemdes trifft, greift er um mich und öffnet blind Knopf für Knopf. Sobald er den letzten geöffnet hat, schiebt er das Hemd herunter, sodass es zu Boden fällt, und ich stehe nackt vor ihm. West beugt sich über mich, hinterlässt Küsse auf meinen Schultern und wandert über meine Arme.

»Weißt du, wie oft ich in den letzten zehn Jahren an dich gedacht habe?« Meine Antwort besteht nur aus einem Kopfschütteln, während ich meine Hände auf den Fliesen ablege, um mich zu stützen.

»Zu oft.« Sein Schwanz liegt immer noch an meinen Oberschenkeln, und als ich noch nicht damit rechne, schiebt er sich langsam in mich hinein. So langsam, dass ich jede Sekunde davon völlig ausschöpfe.

Ein Keuchen steckt in meiner Kehle fest, und als West seinen Rhythmus findet, fällt die Last der letzten Stunden von mir ab. In diesem intimen Augenblick mit ihm ist es, als wäre all das nie geschehen. Als hätte er mich nie verlassen.

Wir sagen nichts, wir lassen einfach unsere Körper nach all der Zeit sprechen. Und mein Körper gibt ihm in diesem Moment ein Versprechen, das ich für den Rest meines Lebens halten will. Wests Atem geht stoßweise, genau wie die Bewegungen, mit denen er mich unter dem warmen Wasser nimmt. Mein Körper spielt sich auf seinen ein, und je näher er mich dem Höhepunkt treibt, desto freier und leichter fühle ich mich. Als wäre ich das erste Mal ein Mensch ohne Ballast. Als wäre ich das erste Mal wirklich frei von der Vergangenheit.

***

»Wieso das Tattoo?« West und ich liegen im Bett und sehen einander an. Mit den Fingern schiebt er den Stoff des Lakens von meinem nackten Körper herunter und berührt die Stelle an meiner Hüfte ehrfürchtig.

»Im Prinzip ist es ein Schutz der Frauen im *Silver Wings*. So wissen Frauenhändler, dass ihr nicht verkäuflich seid und die Kunden wissen, welche Stellung ihr im Club habt«, sagt West in Gedanken versunken und malt mit den Fingern das Tattoo nach. Eine Gänsehaut umgibt mich bei seinen zarten Berührungen und ich bette meinen Kopf auf meinen Ellbogen ab. »Aber Tristan ...« Das Aussprechen seines Namens fällt mir schwerer als gedacht, und für einen kurzen Augenblick flammen seine toten Augen vor mir auf. Das Blut, das sein Hemd benetzt hat. Und doch weiß ich, dass dieser Mensch nichts anderes als den Tod verdient hat.

»Tristan hatte mich deinetwegen immer in der Hand.« Der Kloß in meinem Hals wird breiter und nimmt mir die Luft. Nur meinetwegen hat Tristan immer wieder Frauen in seinen Club holen dürfen. Ich drehe mich auf den Rücken und sehe mir das Tattoo lange und ausgiebig an.

»Und wieso *Silver Wings*?« Schon seit ich von der Anzeige im Internet erfahren habe, wollte ich wissen, was hinter dem Namen steckt. West zieht mich an sich heran und dann sitze ich auf seinem Schoß. Das Laken rutscht mir endgültig vom Körper und so sitze ich nackt auf ihm und genieße es, wie er mich dabei ansieht. Als würde es für ihn in diesem Moment nur mich geben. Als wären all die Frauen da draußen, die sich für ihn prostituieren und verkaufen, nicht da.

»Erinnerst du dich noch daran, was du früher immer zu mir gesagt hast?« Die Blockade in meinem Kopf ist unüberwindbar und so schüttle ich bedauernd, aber zugleich neugierig auf die Wahrheit den Kopf. West streckt seine Hand aus, schiebt eine Strähne hinter mein Ohr und legt seine Hände auf meinen Hüften ab.

»Du hast immer gesagt, dass wir eines Tages aus Detroit herauskommen und uns Flügel wachsen werden«, erinnert er mich an das kindlich naive Ich, das sich eine bessere Welt gewünscht hat.

»Du hast mich also wirklich nie vergessen«, sage ich und schlucke meine Tränen herunter. Ich habe in den letzten Tagen zu oft geweint, vermutlich mehr als in den letzten zehn Jahren. Damit muss Schluss sein!

»Nie«, bestärkt er den Druck in meiner Brust, weil mein Herz kurz vor dem Platzen steht. »Doch als ich die Möglichkeit hatte, dich zu suchen, war ich schon in seinen Kreisen gefangen. Als ich zweiundzwanzig war, habe ich seinen Zweitladen übernommen und umbenannt ... aber dich habe ich auch in der Hölle nie vergessen.«

Als Antwort beuge ich mich zu ihm herunter und lege meine immer noch geschwollenen Lippen auf seine. Zögerlich und süß, dann kraftvoll und leidenschaftlich. West hebt meine Hüften an, sodass ich über ihm schwebe, und dann schiebt er sich ein drittes Mal in mich. Doch dieses Mal ... dieses Mal ist es, als würde es das letzte Mal sein.

WEST

Sie liegt in meinen Armen und schläft, während ich kein Auge zubekomme. Jedes Mal, wenn ich es versuche, denke ich daran, was Tristan ihr angetan hat und was er ihr noch antun wollte. Seit ich sie damals zurücklassen musste, ist kaum eine Nacht vergangen, in der ich nicht von ihr geträumt habe, und jetzt liegt sie neben mir und ich weiß, dass es nur eine Momentaufnahme ist.

Das mit uns – das kann keinen Bestand haben, auch wenn sich mein Herz dagegen sträubt, das einzusehen. Während sie wie ein Engel schläft und sich von den letzten Stunden erholt, versuche ich, in meinem Kopf einen Weg zu finden, der uns beide rettet. Aber egal, wie lange ich hier liege und nachdenke, der Ausgang ist immer derselbe.

Behutsam nehme ich meinen Arm weg und bette ihren Kopf dafür auf dem Kissen ab, bevor ich mir etwas überziehe und zu meinem Jackett gehe. Schnell habe ich mein Scheckheft gefunden, mich auf den Rand des Bettes gesetzt und eine Zahl aufgeschrieben, die ich noch nie in meinem Leben aufschreiben musste. Aber der Frau in meinem Bett würde ich alles geben – auch mein letztes Hemd.

»West?« Leise murmelt sie meinen Namen, Sekunden später schlingen sich ihre Arme von hinten um mich. »Was machst du da? Komm zurück neben mich.« Ihre süße Stimme schafft es fast, mich von meinem Vorhaben abzuhalten, aber als ich wieder die Wunden an ihren Armen sehe, bestärkt es mich in meinem Entschluss.

»Wofür brauchtest du das Geld?« Eine Frage, die mich nichts mehr angeht, aber ich will wissen, dass sie etwas Gutes damit vorhat. Verwirrendes Schweigen durchflutet den Raum, bevor sie antwortet.

»Für einen Neuanfang«, sagt sie entschlossen. »Ich will Detroit hinter mir lassen und irgendwo als neuer Mensch leben. Ohne Tristan. Ohne Albträume. Mit dir.« Ich schließe die Augen und stelle mir genau das vor. Ivory, in einem weiten, weißen Kleid, irgendwo im Grünen auf der Terrasse ihres Hauses. Sie sieht unbeschwert aus, hat die Augen geschlossen und genießt die Ruhe. Das Bild ist perfekt, nur ein Detail fehlt: Und das bin ich.

»Du wirst Detroit hinter dir lassen«, versichere ich ihr und greife nach ihrer Hand. Meine Augen sind immer noch geschlossen, damit sie nicht sieht, wie kurz ich vor den ersten Tränen stehe.

»West, was ist denn los? Du bist so seltsam.« Sie steigt vom Bett herunter und kniet sich vor mich, doch als ich die Augen öffne und sehe, dass sie den Scheck in meinen Händen anstarrt, würde ich sie am liebsten wieder schließen.

»Was ist das?« Sie deutet auf das kleine Heft. »Das ist dein Neuanfang.« Ich reiße die erste Seite ab und gebe sie ihr. Meine Sicht ist verschwommen, genau wie ihre, als sie realisiert, was ich gerade mache.

»Was wird das?« Ihre Augen schnellen zwischen der Summe und mir hin und her, aber ich bin nicht fähig, etwas zu antworten. »Du kannst nicht hier im Club bleiben, Ivory.« Das auszusprechen, was eigentlich auf der Hand liegt, sollte mir leichtfallen. Aber hier geht es nicht um irgendeine Frau. Hier geht es um DIE Frau. Die Frau, der schon immer mein Herz gehört hat, ohne dass sie es wusste. Die Frau, für die ich durch die Hölle gegangen bin. Ich habe sie schon einmal verloren — wieso fühlt es sich dieses Mal noch schlimmer an?

»Du willst, dass ich gehe?« Atemlos zerknüllt sie den Scheck und wirft ihn zur Seite. Dennoch bleibt sie vor mir knien, mittlerweile trägt sie ein neues Hemd von mir, sonst nichts. Ich will ihr Gesicht in meine Hände nehmen, aber sie weicht zurück, weil ich sie nicht anfassen soll.

»Ich will, dass es dir gut geht, Ivory. Du hast doch gesehen, dass ich nicht in der Lage bin, dich zu schützen«, presse ich hervor. Aus Wut. Wut auf mich selbst. Wut auf den Club. Wut auf alle Tristans dieser Welt. »Es war mein Fehler, West. Du hast mir gesagt, dass ich hierbleiben soll, aber ich bin gegangen. Das war meine Entscheidung. Außerdem ist er ... er ist tot!« Ivory weiß nicht, was ich weiß. Sie weiß nicht, dass Tristan nur ein Monster von vielen war. Die Liebe, mit der sie mich vorhin angesehen hat, als ich in ihr war, ist jetzt erloschen. So schnell kann man einen Menschen dazu bringen, einen zu hassen. Und Hass ist genau das Gefühl, das sie mit mir in Verbindung bringen muss.

»Es. Ist. Zu. Gefährlich.« Dieses Mal schaffe ich es, ihren Nacken zu greifen und sie an mich zu ziehen. Ivory sitzt auf meinem Schoß, dabei weiß ich, dass sie innerlich etwas ganz anderes will.

»Tristan ist vielleicht weg, aber was ist mit all den anderen Menschen, die mir schaden wollen? In der Hölle gibt es nicht nur den Teufel, Ivory. Es gibt Dämonen, so viele, dass du sie nicht zählen kannst. Wenn du hierbleibst, würdest du immer eingesperrt sein«, mache ich ihr die Wahrheit klar, auch wenn ich mir selbst wünschte, es wäre anders.

»Und was soll mit uns sein? Was ist mit deinen Worten, West? Du hast gesagt, dass du dich immer für mich entscheiden würdest!« Ihre Tränen sind versiegt, aber ihr zierlicher Körper bebt vor Emotionen.

»Und deshalb muss ich dich gehen lassen.« Auch wenn es mir das Herz bricht. Momentaufnahmen. Das hier ist der Moment, in dem ich Ivory das Herz breche, gemeinsam mit meinem. Sie schüttelt fassungslos den Kopf, und ehe ich etwas tun kann, hat sie sich ihre Sachen geschnappt und übergezogen. Sie verharrt in der Mitte des Raumes, sieht den Scheck am Boden an und dreht mir dann den Rücken zu, ohne ihn an sich zu nehmen. Sie geht einfach.

»Ivory, warte.« Ich stehe auf, aber sie gibt mir mit ihrem eiskalten Blick zu verstehen, dass ich ihr nicht näher kommen soll. Also akzeptiere ich ihren Wunsch und wahre den Abstand, obwohl ich sie nur noch einmal in den Arm nehmen will.

»Was, West? Was willst du mir sagen?« Sie sieht so schön aus, selbst mit zerzaustem Haar und komplett ohne Schminke. *»Ich liebe dich.«* Das ist es, was ich ihr sagen will, aber nicht aussprechen kann. Sie würde nicht gehen, wenn sie die Wahrheit wüsste. Ich schließe die Augen ein letztes Mal, bevor ich mich für den richtigen Weg entscheide und sie gehen lasse.

»Draußen wartet ein Taxi auf dich. Es bringt dich, wohin du willst.« Bis eben lag noch Hoffnung in ihrem Blick, die jetzt gänzlich erstirbt.

Ohne Emotionen sieht sie mich an, dreht sich um und verlässt das Schlafzimmer. Während ich zurückbleibe, auf die Knie falle und für eine Momentaufnahme zulasse, zu zerbrechen.

IVORY

Das letzte Mal, als ich hier in New York in einem Taxi saß, war, als ich zum Vorstellungsgespräch gebracht wurde. Nach Tagen in ekligen Motels war das *Silver Wings* so etwas wie meine Rettung. Jetzt schließe ich die Wagentür und will nur noch eines: weit weg.

Das Logo blinkt genauso nervtötend wie bei meiner Ankunft, nur, dass das Gefühl in meinem Bauch ein ganz anderes ist. Ich bin weder aufgeregt noch ängstlich. Ich bin einfach leer. Normalerweise müsste ich weinen und zerbrechen, aber ich kann nichts dergleichen tun, weil mir die letzten Tage alle Emotionen herausgesaugt haben.

Das Beste ist, so zu tun, als hätte es die letzten Minuten nie gegeben. Ich blende aus, wie ich meinen Koffer gepackt habe. Wie ich Liana einen gekritzelten Brief auf eine Stoffserviette aus Wests Küche geschrieben und vor ihr Apartment gelegt habe, ohne mich richtig von ihr zu verabschieden. Sie hat etwas Besseres verdient, das weiß ich. Aber ich weiß auch, dass sie mich sonst nie hätte gehen lassen. »Lady?« Der Taxifahrer, den West engagiert haben muss, sieht mich im Rückspiegel an, während ich versuche, mich wieder zu fangen und mich auf mein Ziel zu konzentrieren.

»Wohin kann ich Sie bringen?« Er ist freundlich und doch zurückhaltend genug, dass ich ihm nicht mein ganzes Herz ausschütten will. Die perfekte Mischung, die ich jetzt brauche.

»Zum Flughafen.« Der Mann in den Fünfzigern nickt, startet den Motor und fährt dann los. Wir lassen das *Silver Wings* hinter uns, während ich mich in meinem Sitz einrolle und hoffe, dass die Übelkeit in meinem Bauch wirklich nur von meinem gebrochenen Herzen kommt ... Und die Tatsache, dass meine Tage überfällig sind, nicht das bedeutet, was ich am meisten befürchte.

***

Am Flughafen angekommen, ist mir immer noch so schlecht, dass ich mich direkt auf dem Parkplatz übergeben muss. Der Fahrer muss mein Würgen hören, schließlich steigt er aus und hält mir das Haar zurück, als wäre es das Normalste auf der Welt, dass er seinen Kundinnen beim Kotzen die Haare hält.

»Danke«, murmle ich, schüttle ihn aber, so schnell es geht, von mir ab. »Es geht schon.« Ich hieve meinen Koffer alleine aus dem Wagen und will gerade losrennen, als ein neuer Schwall meine Kehle hochsteigt und ich mich auf den Steinen übergebe.

»Miss … geht es Ihnen wirklich gut? Soll ich einen Arzt rufen?« Der Mann kümmert sich rührend um mich, aber ich will einfach nur alleine sein und verstehen, was hier gerade vor sich geht. Also schüttle ich nur den Kopf, nehme meine Beine in die Hand und steuere das Flughafengebäude an. Mit einem seltsamen Kribbeln in meinem Bauch, welches mir sagt, dass ich gar nicht so alleine bin, wie es den Anschein erweckt …

LIANA

Ich weiß, dass du mich hierfür umbringen wirst, wenn du mich je wiedersehen solltest. Aber es geht nicht anders. West wollte, dass ich gehe ... was bleibt mir für eine andere Wahl? Du musst wissen, dass ich die Zeit hier ohne eine Freundin wie dich nie überstanden hätte. Und dass ich dir mein Leben zu verdanken habe.

In Liebe,

Ivory

»Nun geh schon ran.« Ich starre die Serviette wie einen Geist an, während ich darauf warte, dass sie endlich abnimmt. Aber als ihre Mailbox anspringt, verpufft meine Hoffnung.

Doch anstatt in Tränen auszubrechen, braut sich ein Tornado in mir zusammen, der bereit ist, alles zu verwüsten. Ich lasse mein Apartment hinter mir, knalle die Tür zu und mache mich auf den Weg zu West.

***

»Liana.« Er sitzt am Tresen seiner Küche und kippt sich einen Drink hinter, als ich den Raum betrete. Und auch, wenn mir seine erbärmliche Erscheinung fast leidtut, würde ich ihm viel lieber einen Tritt in die Eier verpassen, damit er wieder zur Vernunft kommt.

»WAS SOLL DAS?« Wie eine Furie baue ich mich vor ihm auf und werfe ihm die Serviette hin, die ich vor meiner Tür gefunden habe. West überfliegt die Worte, sagt aber nichts dazu. Ein Verhalten, das wie Brennholz für mich und meine Wut ist.

»Du machst die ganze Welt verrückt, um sie zu finden. Du gibst Tausende von Dollar aus, damit Bruce herausfindet, wo Tristan sie gefangen hält. Und jetzt, wo du sie zurückhast, schickst du sie weg? Einfach so, ohne mit der Wimper zu zucken?« Wieder erhalte ich keine Antwort, also reiße ich seinen Stuhl herum und baue mich vor ihm auf. Wie viele Drinks er wohl schon intus hat? Ich weiß nicht, wann Ivory mir die Serviette vor die Tür gelegt hat, aber seinem Zustand nach zu urteilen, kann es schon länger her sein. Alles andere würde bedeuten, dass er sich innerhalb kürzester Zeit die Kante gegeben hat.

»Du bist mit Abstand der dümmste Mann, dem ich je begegnet bin!« Ich lasse all meinem Frust freien Lauf und denke nicht daran, mich zu zügeln, weil er mein

250

Boss ist. In diesem Moment ist er einfach nur ein Vollidiot. Mein Handy vibriert, und als ich eine Nachricht von Ivory erhalte, atme ich erleichtert auf. Zumindest, bis ich gelesen habe, was drinsteht. Innerlich will ich West an die Gurgel gehen, aber ich weiß, dass ich ihn so wenigstens zur Vernunft bringen kann.

»Und du bist nicht nur ein Vollidiot, du wirst auch noch Vater. Herzlichen Glückwunsch.« Sein Blick klart etwas auf, trotzdem sitzt er wie ein Schluck Wasser vor mir auf dem Barhocker.

»Wovon redest du?«, will er teilnahmslos wissen. Ich kehre zurück zu Ivorys Mail und halte ihm das Handy hin. Mühsam liest er ihre Nachricht und wirkt innerhalb einer Sekunde wieder nüchterner denn je. West schiebt seinen Drink auf den Tresen und starrt fassungslos das Handy in meiner Hand an. Als er aufsteht, schwankt er etwas, aber nach einigen Schritten hat er einen festen Stand.

»Wo ist sie?« Seine Augen brennen förmlich, als er mich wie ein Tier in die Ecke treibt. Ich zucke mit den Schultern, weil ich es nicht weiß.

»Finde heraus, wo sie ist. Ich muss zu ihr.« Triumphierend schicke ich Ivory eine Nachricht, auch wenn ich nicht weiß, wie sie auf meine Lüge reagieren wird.

Liana: Schreib mir, wo du bist. Ich komme zu dir. Allein.

IVORY

Das darf unter keinen Umständen wahr sein! Draußen höre ich Wasserrauschen, das Geplapper von zwei älteren Damen und das Abreißen von Trockentüchern. Ich weiß nicht, wie lange ich mich schon hier drin verschanze, aber ich traue mich auch nicht, die Kabine des Flughafenklos zu verlassen. Die Frauen schnattern weiter über Gott und die Welt, dabei will ich doch einfach nur kurz für mich sein.

Wenn ich bei meinem Einstieg ins Taxi dachte, dass es nicht mehr schlimmer kommen kann, habe ich mich getäuscht. Erstens das Geld, was ich im Club bis jetzt sparen konnte, ist viel zu wenig für einen kompletten Neuanfang am anderen Ende der Welt. Zweitens, bis jetzt habe ich keinen günstigen Last-Minute-Flug nach Vancouver gefunden. Drittens ich habe mich vorhin beinahe auf den Koffer eines älteren Mannes übergeben. Viertens liegt vor mir auf meinem Schoß ein positiver Schwangerschaftstest.

Ich lege den Kopf links neben mir an die Kabinenwand und versuche, zu verstehen, wie das passieren konnte. Das Einzige, was ich im Moment noch weniger gebrauchen kann als ein gebrochenes Herz, ist ein Baby. Jemand klopft gegen meine Kabine, aber ich will niemanden sehen, geschweige denn, mit jemandem reden, bis Liana endlich hier ist und mir versichert, dass ich das auch allein hinkriege.

»Miss. Geht es Ihnen gut?« Instinktiv gehe ich davon aus, dass die Stimme einer der Damen am Waschbecken gehören muss. Ich schüttle den Kopf, was sie nicht sehen kann.

»Nein«, sage ich trostlos.

»Wollen Sie mal die Tür für mich aufmachen?« In jeder anderen Situation hätte ich diese Frau und ihr Angebot verteufelt, aber ich könnte dringend jemanden zum Reden brauchen, also lehne ich mich vor und öffne das Schloss. Sekunden später öffnet eine Dame mit rot gefärbter Dauerwelle meine Kabine. Ihr erster Blick fällt — selbstverständlich — auf meinen Schwangerschaftstest. Immerhin liegt er wie auf einem Thron drapiert auf meinem Schoß.

»Ach, Kindchen.« Sie ist schon im hohen Alter, was sie nicht davon abhält, vor mir auf die Knie zu gehen. »Nichts ist so schlimm, dass man es nicht geregelt bekommt.« Sie nimmt den Test in die Hand, als wäre es nicht ekelhaft, dass ich vor einigen Minuten raufgepinkelt habe. Sobald sie die zwei rosafarbenen

Striche sieht, lächelt sie mich an. »Ein Kind ist ein Geschenk, meine Hübsche. Nichts als ein Geschenk.« Ein Lachen steckt in meinem Hals fest. »Das Geschenk kommt zur unpassendsten Zeit«, antworte ich völlig übermüdet. Die Frau legt ihre faltige Hand auf mein Knie und drückt es leicht.

»Glaub mir, die Unpassenden sind die, die uns am meisten Freude bereiten. Lass es dir von einer alten Frau gesagt sein, die selbst drei unpassende Geschenke in ihrem Leben hat.« Endlich schaffe ich es, sie ernst gemeint anzulächeln. Mir hätte schon vor Tagen auffallen müssen, dass etwas nicht stimmt, aber ich habe alle Warnzeichen verdrängt. Mein Handy vibriert und Liana fragt mich per SMS, wo ich bin. Also schreibe ich ihr schnell KLO zurück und sehe die Dame mit den roten Haaren und der großen, schwarzen Brille an.

»Danke«, sage ich ehrlich und lege meine Hand auf die der Fremden. Selten hat sich eine fremde Begegnung so vertraut angefühlt wie diese. Die Dame kramt in ihrer Tasche, reicht mir ein Taschentuch und steht dann auf. »Und jetzt kommen Sie aus dieser Kabine heraus, da drin bekommt man kaum noch Luft. Mühsam rapple ich mich auf und folge der Frau in den Gang, was ich bereue, als ich jemanden im Türrahmen zur Damentoilette stehen sehe.

WEST.

Die Welt scheint kurz stillzustehen. Seine braunen Haare sind vom Regen nass, seine Augen rot unterlaufen. Sein Hemd ist am Kragen offen und es hängt ihm aus der Hose heraus. Von dem edlen Geschäftsmann, den ich vor vielen Wochen in der Tanzloge das erste Mal wiedergesehen habe, ist nichts mehr übrig.

»Ivory.« Doch ehe ich ihn noch etwas sagen lassen kann, habe ich mich wieder in der Kabine verschanzt und von innen abgeschlossen. Mit dem Rücken presse ich mich gegen die Tür und stopfe den Test in meine Jackentasche. Eine Tür wird geschlossen und plötzlich ist es so still in den Toilettenräumen, dass ich nur noch seinen Atem hören kann. Er muss direkt vor der Kabine stehen.

»Mach auf, Ivory.«

»Du bist nicht Liana«, stelle ich ernüchtert fest. Ich hätte wissen müssen, dass sie mich bloß hinters Licht führen will!

»Sie hat mir alles erzählt. Bitte mach die Tür auf.« Hat West in meiner Nähe je so flehend geklungen wie in diesem Moment? Sicher nicht. Ist mir sein Leiden egal? Eindeutig. Schließlich war es ihm auch egal, was er mir antut, als er mich bat, zu gehen.

»Du wolltest, dass ich gehe. Jetzt bitte ich dich, zu gehen.« Ich spüre, dass er sich mit dem Körpergewicht gegen die Tür lehnt, und auch wenn ich so nicht empfinden will, sehne ich mich nach ihm. Sehne mich nach seinen Armen. Nach seinen Küssen. Nach seinem Versprechen, dass er auf mich aufpassen wird. Auf uns.

»Da wusste ich auch noch nicht, dass du … dass wir …« Mehr sagt er nicht, und weil ich immer noch nicht antworte, höre ich ihn aufseufzen.

»Hör zu. Ich gehe hier nicht weg, egal, wie lange du da drinbleiben willst. Irgendwann musst du da rauskommen.« Seine Schritte entfernen sich, aber ich bin mir sicher, dass er jetzt vor der Kabine sitzt und seine Worte wahr machen will. Also gebe ich nach, öffne die grüne Tür und lasse mich zurück auf die Toilette gleiten.

Wie erwartet sitzt West am Boden an der Wand gegenüber und sieht mich direkt an. »Du warst definitiv mal sturer«, sagt er matt und lächelt. Wütend will ich die Kabinentür wieder schließen, aber da ist er schon bei mir und kniet vor mir. Sein Gesicht bettet er auf meinen Schoß und dann ist es ganz still. Wir sagen nichts. Wir atmen nur. So lange, bis ich spüre, dass seine Tränen den Stoff meiner Leggings durchweichen.

»Es war dumm von mir, dich fortzuschicken.« West hebt den Kopf. Ich habe noch nie einen Mann gesehen, der trotz Tränen so schön war wie er.

Er legt mir sein Herz in die Hände und sieht perfekt dabei aus. Auch wenn man ihm sofort ansieht, dass er etwas getrunken hat. Wer kann es ihm verübeln? Auch wenn er mich fortgeschickt hat, hätte jeder Blinde gesehen, dass es nicht das war, was er wollte.

Er wollte mich bei sich haben, aber er war nicht bereit, den höchsten Preis dafür zu zahlen. »Du lernst nicht aus deinen Fehlern.«

West antwortet mit einem Kuss, den er mir auf die Hand gibt. »Doch. Dieses Mal schon.« Er zieht mich hoch, setzt sich an meiner Stelle auf die Toilette der winzigen Kabine und zieht mich auf seinen Schoß. Und auch wenn das Setting alles andere als romantisch ist, gibt es für mich in diesem Augenblick nur ihn und mich. Das Treiben von der Abfahrtshalle des Flughafens - egal. Das Rauschen der Toilettenspülung aus dem benachbarten Männerbad – egal. In dieser Sekunde zählt nur der Mann, auf dessen Schoß ich gerade mit seinem Baby in meinem Bauch sitze.

»Ich will, dass wir das zusammen durchziehen.« Er legt seine Hand auf meinen flachen Bauch, und weil ich will, dass er es mit eigenen Augen sieht, hole ich den Test heraus und halte ihn ihm hin. Sobald er ihn ansieht, tritt Ehrfurcht in seinen Blick.

»Und wie stellst du dir das vor? Soll das Baby im *Silver Wings* an der Stange groß werden?«, höhne ich, weil ich nicht weiß, wie er sich unsere gemeinsame Zukunft jetzt noch vorstellen kann. Egal, wie ich sie mir ausmale, für mich gibt es kein Happy End mehr. Bis West mich eines Besseren belehrt. Er sieht mir tief in die Augen und nagelt mich auf seinem Schoß fest. Denkt er wirklich, dass ich einfach wieder gehen werde?

»Ich werde mit dir gehen. Mit euch gehen.« Er atmet lange ein und aus. »Wir können irgendwo gemeinsam neu anfangen. Europa, Afrika, Australien … sag mir einfach, wo du hinwillst und wir steigen sofort in den nächsten Flieger, der uns von hier wegbringt.« Pure Ehrlichkeit liegt in seinen silbernen Augen, die mich schier schwach macht.

»Aber was ist mit dem Clu-«

»Scheiß auf den Club.« Knurrend zieht West mich an sich, streckt sein Bein aus und schließt somit die Kabine. Dabei küssen wir uns, ohne dass sich einer vom anderen löst.

»Zu wissen, dass du mein Baby in dir trägst …« Er knabbert an meiner Unterlippe und beginnt langsam, mir die Jacke und das Top auszuziehen. Beides landet auf dem dreckigen Boden des Badezimmers.

»… macht dich noch viel heißer.« Stöhnend lege ich den Kopf in den Nacken und lasse mir von West zeigen, *wie* heiß er mich findet. Der Stoff unter seiner Hose spannt sich bedrohlich an, und als ich beginne, ihm das Hemd zu öffnen, sind wir wie in Rage.

Ich kralle mich in seiner Haut fest, er sich in meinem Haar. Ich küsse seine Brust, seinen Hals, seine Wangen. Er sieht mir einfach nur in die Augen.

Und auch, wenn ich West schon mein halbes Leben lang kenne, habe ich hier in diesem Moment das Gefühl, ihn noch einmal ganz neu kennenzulernen. Als den Vater meines Babys. Als meinen Partner. Als den

Menschen, mit dem ich mir eine Zukunft außerhalb des Sumpfes aufbauen kann. West steht mit mir gemeinsam auf und hilft mir dann aus meiner Leggings heraus, bis ich komplett nackt vor ihm stehe. Es ist uns egal, wo wir sind. Wie wir hier hingekommen sind. Wir könnten überall sein … in seinem schönen Apartment. In seiner Limousine. In einem Bungalow auf den Malediven oder in Paris in einem netten Apartment mit Blick auf den Eifelturm. Nichts wäre so perfekt wie der Ort, an dem ich vor wenigen Minuten erfahren habe, dass ich Mutter werde.

Ungeschickt vor Aufregung, öffne ich seine Hose und hole seinen Schwanz heraus, der noch nie so hart war wie in dieser Sekunde. West legt seine Hände unter meinen Po, hebt mich an und presst meinen nackten Rücken gegen die Kabinentür, Sekunden später höre ich das Klicken des Türschlosses, als West es herumdreht. Und als er mich nach unten sinken lässt, dringt er dabei langsam in mich ein. Dieses Mal behält er das Tempo bei. Wir lieben uns. Küssen uns. Berühren uns. Und vor allem entscheiden wir uns gemeinsam. Nicht ich mich für ihn. Oder er sich für mich. Sondern wir uns füreinander.

Wie ein Waldbrand setzt er meinen Körper in Flammen und bringt mich mit jedem Stoß dem Höhepunkt näher. Mit jedem Mal, in dem er meinen Namen in mein Ohr keucht. Mit jedem Mal, wenn er meine Stirn küsst, als wäre ich das Kostbarste auf der

Welt. Als ich schreiend komme, ohne auf meine Umgebung zu achten, folgt West mir raunend. Heiß ergießt er sich in mich, hält mich aber weiterhin ganz fest bei sich. Sein Atem geht genauso schnell wie mein Puls und Schweiß steht an jeder Stelle meines Körpers.

»Was machst du nur mit mir?«, will er von mir wissen und sieht mich voller Dankbarkeit an. Dabei bin ich diejenige, die ihm alles zu verdanken hat. Mein Leben. Das Leben in meinem Bauch. Ohne den Mann mit den silbernen Augen vor mir, wäre Tristans Hölle meine geworden.

»Du hast mir zweimal das Leben gerettet«, antworte ich und lege meine Hände an seine heißen Wangen. »Jetzt bin ich an der Reihe, deines zu retten.«

IVORY

Der Blick auf den Whistler Mountain raubt mir immer noch jeden Morgen die Sprache. Ich sitze – in eine Wolldecke eingepackt – auf unserer Terrasse und genieße die Aussicht. Schließe die Augen und höre dem Wind zu. Die Dielen knarzen an stürmischen Tagen wie diesen, als würden sie gleich unter meinem Gewicht zusammenbrechen.

Kanada.

Ich wusste nie, dass mein Herz hier hingehört. In meinen Träumen habe ich mich immer in Europa gesehen … Vielleicht in Paris, vielleicht in Rom. Jetzt weiß ich, dass mein Glück gar nicht so weit von mir entfernt war, wie ich immer vermutet habe. Ich schlinge die Decke über meine Schultern, sehe dem Wind dabei zu, wie er eine Geschichte erzählt, und werde erst aus meiner Märchenwelt gerissen, als mein Handy klingelt. Grinsend nehme ich das Gespräch mit meiner besseren Hälfte an.

»Liana. Solltest du nicht schon längst in der Luft sein?« Der obligatorische Blick auf die Uhr sagt mir, dass sie mittlerweile schon längst im Flieger sitzen müsste. Theatralisch seufzt sie auf, was nur eins bedeuten kann: Sie hat ihn verpasst.

»Ja, aber mein Flug hat Verspätung und ich hab mir den Arsch abgehetzt, damit ich noch pünktlich ankomme. Jetzt kleben meine Kleider überall und ich hätte mir sogar noch einen Latte holen können!« Dass sie keine Ausdauer hat, hört man sofort. Dabei dachte ich immer, dass Frauen wie sie … ach, vergessen wir es.

»Wann geht denn der Flug?«

»Moment, ich schaue mal …« Stille. »In einer halben Stunde ist Boarding. Ich sollte also heute Abend noch pünktlich zum Essen bei euch sein. Auch wenn es mir als Vollblutamerikanerin wirklich widerstrebt, euch in Kanada zu besuchen.« Gerade als ich ihr die Vorteile von Kanada auflisten will, ertönt ein spitzer Schrei in der Leitung. Sekunden später wird sie gänzlich unterbrochen. Sofort sitze ich aufrecht und bekomme Panik. Ich wähle ihre Nummer, um sie zurückzurufen, aber das Handy ist aus. Im selben Moment betritt West die Terrasse und ist sofort bei mir, als er mein geschocktes Gesicht entdeckt. Manchmal kommt es mir vor, als hätte er ein Radar, das immer ausschlägt, wenn ich mir Sorgen mache.

»Was ist passiert?«

»Liana … sie hat eben angerufen, um mir zu sagen, dass ihr Flieger später kommt. Und dann war die Leitung plötzlich weg und sie hat aufgeschrien …« West kniet neben mir und nimmt meine Hand in seine. »Hey. Es wird schon nichts passiert sein. War sie schon am Flughafen?«, will er mit ernster, aber doch fürsorglicher Miene wissen. Ich nicke, kann aber nicht verhindern, dass das mulmige Gefühl in meinem Bauch bleibt.

»Siehst du. Was soll ihr schon am Flughafen passieren? Sie hat sicher bloß einen Kerl gesehen, den sie heiß fand und stalken muss. Wir kennen sie doch.« Und weil West es immer schafft, mich zu beruhigen, und seine Worte gar nicht so abwegig sind, entspanne ich mich. West gibt mir einen Kuss auf den Mundwinkel und ich höre auf, mir immer die schlimmsten Bilder im Kopf auszumalen.

»Schlafen sie?« Ich deute ins Innere unseres Hauses direkt am Blackcomb Peek. West wischt sich demonstrativ den Schweiß von der Stirn, wie immer, wenn er es geschafft hat, die Zwillinge zum Schlafen zu bringen. Die meiste Zeit wacht einer der beiden Jungs wieder auf, wenn der andere eingeschlafen ist. Das hier ist also der Sechser im Lotto für frisch gebackene Eltern. Ich greife in sein volles Haar und bringe Ordnung herein.

»Meinst du, wir haben dann noch kurz Zeit, bis sie wieder wach werden?« Tanzend lasse ich meine Augenbrauen hüpfen, was West sofort richtig deutet.

Ein verführerisches Lachen huscht über sein stoppeliges Gesicht, gefolgt von einem undefinierbar dunklen Ausdruck in seinen Augen. Und ehe ich weiß, wie mir geschieht, liege ich schon auf der Hollywoodschaukel unter ihm. Der Wind wird stärker und das Knarzen der Dielen auch, trotzdem sind wir in unserer Blase und denken nicht daran, aufzuhören.

West sieht mir tief in die Augen, wie jedes Mal, bevor wir miteinander schlafen. Und wie immer fühle ich mich dabei federleicht.

LIANA

Mein Schädel schmerzt, genau wie jeder Atemzug, den ich nehme. Es riecht nach Sex. Es riecht nach … Verderben? Ich kenne den Geruch. Weiß, dass ich ihn schon einmal inhalieren musste. Aber wann? Und wieso ist es so dunkel hier?

Um mich herum ist es still, jedenfalls, bis ich das Lachen einer Frau höre. Sie muss direkt neben mir sein. Das Bett, auf dem ich liege, ist definitiv nicht so weich wie mein Bett zu Hause, also wo zur Hölle bin ich? Mühsam drehe ich mich um, schlage die Lider flatternd auf und versuche, zu verstehen, wo ich bin. Das letzte, an das ich mich erinnere, ist mein Telefonat mit Ivory am Flughafen. Ich war spät dran, aber durch die Verzögerung meiner Airline hätte ich das Boarding noch geschafft. Ich wollte sie und West das erste Mal seit der Geburt in Kanada besuchen …

»Liana.« Mein Name, ausgesprochen von einer Frau, deren Stimme ich kenne, durchzuckt mich und den Raum. Erst auf den zweiten Blick kann ich ihre

Silhouette sehen. Sie steht vor den Gitterstäben ...
Moment Mal! Mit meiner letzten Kraft stemme ich
mich hoch und taumle benommen nach vorne. Ich
kenne diese Location.

Ich kenne die Frau, die hinter den Gittern
gegenüber von mir steht und mich lieblich und teuflisch
zugleich angrinst. Ihre schwarzen, fransigen Haare ...
ihre toten Augen. »Annabelle?« Sofort muss ich an
unser letztes Zusammentreffen denken, als ich mit
West auf der Suche nach Ivory war ... in Tristans Club.
Wie Schuppen fällt der Schleier von meinen Augen ab
und ich beginne, am ganzen Körper zu zittern, während
Annabelle aus voller Kehle lacht. »Willkommen im
Golden Cage, meine Süße.«

Fortsetzung folgt ...

Danksagung

Endlich – nach meinen letzten Romanen, die fast allesamt meiner guten Zwillingsschwester zuzuordnen waren, konnte ich endlich wieder meiner bösen Ader freien Lauf lassen. Dabei herausgekommen ist die Geschichte rund um West, Ivory und Liana. So viele von euch haben sich wieder etwas Düsteres gewünscht und ich hoffe, dass ich euch nicht enttäuscht habe und ihr gespannt seid, was mit Liana passiert ist und noch passieren wird.

Wie immer danke ich meinem Team. Sarah Buhr, Sabine Wagner, meinen Testlesern aus der Crew und meinen Rezi-Engeln auf Facebook. Außerdem danke ich Rebecca Bex für die wundervollen Buchkerzen. Ich könnte den ganzen Tag an West schnuppern! <3 Danke an alle Leser, die mir auch nach drei Jahren und 25 Büchern noch treu sind.

Nachwort

Hiermit entschuldige ich mich für das Ende des ersten Bandes. Als ich das Buch geschrieben habe, war ein zweiter Band geplant, aber ich wusste noch nicht, in welche Richtung er gehen soll. Beim Schreiben ist mir Liana ans Herz gewachsen und schnell war mir klar, dass ich ihr ein eigenes Buch widmen will. Ihre Story ist es wert, erzählt zu werden. Wie genau ist sie im GOLDEN CAGE gelandet? Wer hat sie dorthin gebracht? Und wer wird der maskierte Mann sein, der sie befreien will?

All das und auch, wie es mit Ivory und West weitergeht, erfahrt ihr ab August/ September 2018, wenn es heißt:
WILLKOMMEN IM GOLDEN CAGE!

Leseprobe

GOLDEN CAGE

Kyle

»Und, wie lief die Fahrt mit diesem Hinterwäldler, der sich zu fein für ein gewöhnliches Taxi war?« Eliza begrüßt mich - wie üblich – in Unterwäsche. Heute hat sie sich ausnahmsweise für etwas Farbe entschieden, und der weinrote Stoff passt perfekt zu ihrem blassen Körper. Die Abwechslung in der Farbe zieht sofort meine Blicke auf sie. Selbst das Piercing in ihrem Bauchnabel ist weinrot.

»Nicht sonderlich gut«, antworte ich und schäle mich aus meinem Jackett. Wenn ich etwas an meinem Job hasse, ist es die Kleiderordnung.

Es ist mir egal, dass ich für meinen Boss wichtige Menschen kutschieren muss, und dass mich seine Kunden in neunzig Prozent der Fälle wie Abschaum behandeln, auch.

Froh, endlich wieder in mein wahres Ich schlüpfen zu können, schmeiße ich das Jackett auf die Kommode und knöpfe mein Hemd auf, bis ich oberkörperfrei vor ihr stehe und die Demütigung des Tages mit dem grauen Hemd zu Boden fallenlasse.

Eliza sieht meinen Striptease als Einladung an und wirft sich mir direkt an den Hals. Sie riecht frisch geduscht und die Spitzen ihrer Haare sind noch feucht.

»Du weißt, dass das bald vorbei ist. Du wirst nicht ewig der Handlanger sein«, versichert sie mir surrend und knabbert Sekunden später bereits an meinem Hals. Mein Körper will sich auf sie einlassen, aber die Wut in meinem Inneren hemmt mich.

Die Wut darauf, dass ich immer noch in diesem beschissenen Job feststecke, in dem ich den Chauffeur für meinen Boss spiele.

»Ist das so?« Meine Frage lässt Liz von meinem Hals Abstand nehmen. Stattdessen stellt sie sich auf die nackten Zehenspitzen und umfasst mein Gesicht wie eine Mutter das ihres Sohnes.

»Sicher. Ich meine – die Kollektion meiner Chefin läuft super, und mit viel Glück können wir uns dann was Eigenes leisten. Nichts, was jemand anderes bezahlen muss ...«

Natürlich spielt sie auf das Haus an, das nicht mir gehört, in dem es mir aber gestattet wurde, zu wohnen, bis ich mir mehr leisten kann als die Bruchbude aus der ich komme.

Normalerweise stört es mich nicht, auf Kosten anderer zu leben. Aber in diesem Fall will ich nur ungern noch mehr in seiner Schuld stehen, als ohnehin schon.

»Du weißt, dass wir kein Paar sind, oder?« Liz und ich kommen aus derselben untersten Schicht, wissen beide, wie es ist, als Mangelware angesehen zu werden, und ja – wir schlafen miteinander.

Aber sie weiß – genau wie ich – dass eine Beziehung alles nur verkomplizieren würde. Theatralisch verdreht sie die braunen Augen und macht einen Schmollmund.

»Nach wie vor, Kyle.«

Genervt lässt sie von mir ab und wackelt mit ihrem leicht bekleideten Arsch in den Wohnbereich, um mir zu demonstrieren, wie egal es ihr ist, dass ich sie gerade in die Affärenschublade gesteckt habe.

Sie hier bei mir zu haben, hält mich davon ab, wieder Scheiße zu bauen, die mich hinter Gittern bringen kann, aber manchmal wünschte ich mir, ich wäre allein.

Noch bevor ich über mein verkorkstes Leben nachdenken kann, hält mich mein Handy davon ab, indem es nervtötend in der Innentasche meines Jacketts klingelt. Sein Name ist nicht das schlimmste Übel, aber definitiv auch nicht die Krönung des Abends.

»West«, nehme ich ab und lehne mich gegen den Türrahmen, um Liz dabei zu beobachten, wie sie sich auf der Yogamatte vor dem Fernseher verrenkt.

In diesem Hauch von Nichts, der kaum die nötigsten Stellen bedecken kann, wenn sie den Morgengruß macht. Fast lenkt mich ihr witziges Erscheinungsbild von dem Mann am anderen Ende der

Leitung ab. Aber nur fast ... »Du musst mir einen Gefallen tun.« Zu meinem Glück kann er nicht sehen, dass ich die Augen verdrehe.

Bei meinem Händchen für Pech würde er mich aus der Bude rausschmeißen und mich dahin zurückschicken, wo ich herkomme. Und wenn ich etwas noch weniger will als in seiner Schuld zu stehen, dann ist es das.

»Muss ich das?« Liz ist die perfekte Schauspielerin, sie tut so, als würde sie sich voll und ganz auf die Tante im TV konzentrieren, dabei weiß ich, dass sie mit den Sinnen voll und ganz bei mir und diesem Gespräch ist. Und noch sicherer ist, dass sie mich danach hierauf ansprechen wird, wenn ich aufgelegt habe, immerhin hat sie sich bei mir einquartiert.

Wenn ich fliege, muss sie sich ebenfalls vom Acker machen. Und sie liebt das Badezimmer inklusive Whirlpool viel zu sehr, vermutlich sogar mehr als unseren Sex.

»Hast du vergessen, was ich für dich getan habe?« Rhetorische Fragen konnte ich noch nie leiden, vor allem nicht, wenn ich derjenige bin, der sie gestellt bekommt.

Also beiße ich mir auf die Zunge und versuche sachlich an dieses Telefonat heranzugehen. Immerhin ist West in Kanada, verdammt. Was soll er von seinem Kaff aus schon anrichten? Eben. Nichts. Er kann mir die Hölle heiß machen – was juckt es mich? Er kann jemanden herschicken, der mich verprügelt – na und?

Körperliche Schmerzen sind mir schon lange egal. In Anbetracht der Tatsachen kann ich also locker an die Sache herangehen.

»Wie könnte ich das vergessen«, murmle ich und lege den Kopf schief, um Liz' Verrenkungen genau zu beobachten. Bis eben hat mich ihre Yoga-Session wenig interessiert, aber irgendwie muss ich mich von West ablenken.

Und davon, was er eigentlich von mir will. Wann haben wir das letzte Mal miteinander gesprochen? Seit er Vater ist, meldet er sich kaum noch, was mir nur recht sein soll.

Umso erstaunter bin ich, dass er mich nach Monaten der Funkstille wieder kontaktiert und gleich zur Sache kommt.

»Also, was kann ich für dich tun? Ich hätte zwar nie gedacht, dass es mal soweit kommen könnte, dass ich dir helfen kann, aber man lernt bekanntlich nie aus.«

»Ich bräuchte deine Hilfe nicht, wenn ich in New York wäre. Du bist im Moment der einzige Mensch, der in Frage kommt. Der einzige Mensch, dem ich zumindest etwas Vertrauen schenke.«

Wow, nett. Selbst für ihn bin ich die Notlösung, anstatt die erste Wahl. So war es schon mein Leben lang.

»Nun rück schon raus, West.«

»Es geht um eine Freundin. Sie ist …« Kurze Pause, die so gar nicht zu dem Mann passt, der sie einfügt. »Sie ist seit einigen Stunden verschwunden. Und ich bin mir sicher, dass ihr etwas zugestoßen ist.«

Langsam schleicht sich Neugier in meine Venen, ich stelle mich aufrechter hin und blende Liz komplett aus. Mein Job als Chauffeur ist zum Sterben langweilig, vielleicht tut mir ein wenig Detektivarbeit gut.

»Und wie kann ich dir da behilflich sein? Wieso rufst du nicht die Bullen?« Er klingt seit dem Beginn des Telefonats angespannt, und mir wird klar, dass das hier eine ernste Sache und kein Spiel ist.

Schade.

Ich liebe es, zu spielen.

»Ich habe eine Vermutung, wo sie sein könnte. Du musst sie finden und sie da für mich rausholen. Die Polizei kann mir da nicht helfen.« Rausholen? »Moment Mal, das hier ist aber kein Prison Break für Anfänger, oder?«

Auf keinen Fall werde ich seine Freundin, deren Namen ich noch nicht einmal kenne, aus dem Knast schmuggeln.

Auch wenn wir beide wissen, dass ich das Zeug dazu hätte … wäre gewiss nicht das erste Mal. Und es wäre gewiss nicht das erste Mal, dass ich dafür fast mein Leben aufs Spiel gesetzt hätte.

»Sie ist nicht im Gefängnis«, murmelt West, doch irgendetwas in seiner Stimme sagt mir, dass ihn diese Tatsache nicht beruhigt.

Er klingt, als wäre er froh, wenn sie nur im Knast sitzen würde. »Und wo ist sie dann?« Wieder entsteht diese untypische Pause, die für ein komisches Zerren in meiner Magengegend führt. »Im Golden Cage.« Seine Antwort lässt mich bloß laut auflachen, sodass sogar Liz ihr desinteressiertes Spiel aufgibt, sich aufrichtet und mit tänzerischen Schritten auf mich zukommt.

»Ich soll eine Nutte aus einem Puff retten? Ist das dein Ernst?« West hat schon viel Stuss von sich gegeben, aber dieser hier ist definitiv die Krönung von allem.

Ich kenne den Club, aber noch wichtiger ist: ich kenne den Besitzer. Und ich weiß, dass ich so viel Abstand wie möglich von diesem Kerl nehmen sollte, wenn ich nicht in den Kreis seiner Feinde aufgenommen werden will.

Und eine seiner Frauen aus seinem Club zu entführen würde mich direkt an die oberste Stelle setzen. Ein Platz, den West ruhig dankbar einnehmen kann, aber nicht ich.

»Kyle«, warnt er mich scharf. »Du weißt, dass du ohne mich im Knast sitzen würdest. Du weißt, dass du keine andere Wahl hast, wenn du nicht auf der Straße als Penner enden willst«, erinnert er mich wieder daran, dass ich in seiner Schuld stehe und tun muss, was er von mir verlangt, wenn ich die Bude hier behalten will.

Liz sieht mich besorgt an und berührt flüchtig meinen Arm. Die Panik, die in ihren Augen aufflackert, deute ich sofort richtig. Sie hat keine Angst um mich, sondern Angst davor, selbst auf der Straße zu landen und den Luxus hier aufgeben zu müssen.

»Schick mir alles, was ich über diese Frau wissen muss, und sag mir, was ich tun soll, wenn ich sie befreit habe.«

Dabei klingt allein der Gedanke an eine James-Bond-Rettungsaktion selbst für mich zu albern. Definitiv habe ich Besseres zu tun, als mein Leben für eine fremde Frau in Gefahr zu bringen, nur, weil West es so will. Nur, weil er meint, mich auch nach Jahren noch in der Hand halten zu müssen.

»Du musst sie bei dir untertauchen lassen, bis ich geklärt habe, was es damit auf sich hat. Ich muss wissen, womit wir es zu tun haben.«

»Ich soll was?« Meine Stimme wird lauter, was Liz in meinen Armen zusammenzucken lässt. Sie sieht mich musternd an, während ich mich nur auf das Gespräch konzentriere.

»Vergiss die Abmachung nicht, Kyle. Ich schicke dir ein Bild von ihr … und ich zähle auf dich.« Und damit ist die Leitung unterbrochen, während ich versuche, zu verstehen, was hier eigentlich vor sich geht. Noch ehe ich das Handy wegpacken kann, erreicht mich eine neue Nachricht. Ich öffne sie und warte, bis das Bild geladen ist. Sekunden später grinst mich eine Frau breit an. Sie hat langes, rotes Haar, gemachte Titten und strahlend weiße Zähne. Dass sie kaum mehr als dieses Lächeln trägt, bestärkt mich in der Annahme, was sie ist ... und woher West sie kennen muss.

»Ist alles okay?« Liz klingt nach wie vor besorgt. Und ich weiß immer noch nicht, was zur Hölle das hier eigentlich soll.

»Ich denke schon.« Hypnotisiert starre ich diese Frau auf meinem Handy an und versuche mich daran zu erinnern, ob ich ihr schon einmal begegnet bin, komme aber zu keinem Ergebnis.

Mein Blick wandert zur Bildunterschrift.

Liana M. Jones.

Ein Name, den ich noch nie gehört habe.

Und ein Name, von dem ich noch nicht weiß, dass er mein Leben verändern soll.